글꽂이

김은혜 수필집

김은혜 수필집

문학시티

삶을 노래하며

한 점의 먼지와 같은 나를 글 밭에서 놀게 해주신 주님의 은혜에 감사드립니다. 매일 대하는 가족이, 자연이 어느 하루도 귓속말로 글감을 일러주지 않는 날이 없는 것 같습니다. 순례자로서 수필을 벗삼아 산다는 것이 얼마나 행복한 것인가를 새삼 느낍니다. 무심코 스쳐 갈 일상의 일들이 눈에 들어오면 순간을 놓치지 않고 한 편의 글을 엮을 수 있는 지혜를 주님이 주신 것 같습니다. 그래서 행복합니다.

커다란 우주 안에 들어있는 조그마한 창가에 기대어 저녁노을로 사그라지는 자신을 봅니다. 감성의 회한이 파도처럼 밀려들면 잊고 있던 과거가 오늘을 만나 뜨겁게 포옹하며 내일을 위한 화해의 글로 탄생합니다.

지금까지의 삶을 또 한 권의 책으로 담았습니다. 자신에게 놀라고 또 놀랍니다. 놀람은 남을 감동하게 할 만한 진선미가 있는 글이라서가 아니라 하루를 자고 일어나면 감성을 뜨개질하듯 글로 쓰지 않고는 견딜 수 없었습니다. 글이란 묘한 마력을 지니고 있나 봅니다. 그래서 세상을 바라보며 미소 짓는 내 모습이 행복합니다.

　그동안 나를 지켜봐 주고 글감이 되어준 남편과 사 남매 가족, 특히 용기와 칭찬을 아끼지 않고 교정을 맡아준 큰며느리 너무나 고맙습니다. 그리고 표지를 그려준 손녀 선아 사랑한다. 다시 말하지만, 가슴으로만 삭히던 애환의 통증이 이야기되어 세상에 나오고 싶어 하는 욕구에 충실해지고 싶습니다. 앞으로 얼마나 더 멀리 바라보고 순례를 할지는 모르지만, '1년에 한 편의 글을 건지면 어떠랴'는 마음으로 이 길을 꾸준히 가겠습니다.

2018년 6월

김 은 혜

차례

책머리에 | 4

『글꽂이』 출간을 축하드리며 | 김정자(수필가) 197

1. 글꽂이

아우름   13

담뱃대   17

글꽂이   20

누룽지   24

연리지   27

섶다리   30

가을 산   34

비빔밥   38

가래떡   42

고사목   46

2. 솔 정자

솔 정자   51

석류알   55

고주박   59

나그네   62

야자수   65

삶이란   69

낙숫물   73

산딸기   77

대중탕   81

차례

3. 자연치유

겨울바람	87
백년손님	90
빨간 5월	93
자연치유	96
송화다식	99
시내버스	103
열린 마음	107
싹 난 감자	111
아픈 손가락	115
온천 이야기	119

4. 태양아 머무르라

산소 지킴이   125

낙엽의 몸짓   128

옷을 벗는 남자   132

남산의 자물통   135

쓰임 받는 도구   138

기계화된 세상   142

주인 잃은 돌구유   146

계단을 즐겨 걷는 사람   150

꿈은 꾸는 자의 것이다   154

태양아 머무르라   158

차례

5. 정원의 주인이고 싶다

세상에 이런 일이　　　　　　163

한국전쟁의 비극　　　　　　　167

귀여운 먹보와의 만남　　　　　171

한 번으로 족하다　　　　　　　175

행복이 나비처럼 날아온다　　　178

강원도 오크밸리에서　　　　　182

정원의 주인이고 싶다　　　　　186

공간 안에 또 하나의 공간　　　190

인생의 종착역으로 가는 전주곡　193

1. 글꽂이

이슥한 밤이면 혹여 책이 오지 않았나?
가슴 설레며 기다리던 추억이 있다

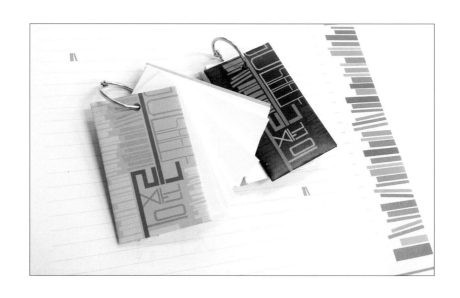

손녀의 글꽂이란 작품이 내 가슴속 글꽂이에 꽂혀 있는
어슴푸레한 추억을 꺼내 읽게 하다니 소녀가 된 기분이다.

아우름

살아있는 메타세쿼이아의 곧은 몸집을 중앙에 세우고 그 둘레를 널빤지 나무로 둥글게 탁자를 만들었다. 탁자를 중심으로 의자도 놓였다. 살아 있는 나무와 죽은 나무가 조화를 이루어 잘 어울린다.

바람결에 하늘거리는 풍성한 이파리가 파란 파라솔처럼 보인다. 저 파라솔은 계절마다 빛깔이 변한다. 봄에는 연녹색, 여름에는 진녹색, 가을에는 붉은색, 한겨울에는 하얀 파라솔로 만들 것이다. 예술이다. 자신을 조각품으로 기꺼이 내준 죽은 이 나무도 살아서는 저 나무들처럼 어느 울창한 밀림 속에서 벗에게 뒤질세라 열심히 성장해 이곳에 와 탁자와 벤치로 변신했으리. 이들의 아우름이 좋아 매일 떠남과 돌아옴의 발길은 이어진다. 이 둘의 만남이 오늘따라 왜 이리 멋스럽게 보일까.

메타세쿼이아 파라솔 아래 의자에 앉아 살아 숨 쉬는 나무에 손을 대 본다. 우리의 몸속에서 피가 흐르듯, 잎눈을 키우고, 푸른 잎을 만들어 품느라 빠른 움직임이 쿵쿵 손에 울림으로 느껴지는 듯하다. 죽어 목공예가 된 생명이 없는 탁자에다 볼을 대어 보았다. 가을 햇살이 주는 따뜻한 온도를 안고 있다가 그대로 돌려준다. 고마운 선물이다. 나에게만 아니라 찾아오는 모두를 넉넉한 인심으로 맞아준다. 무던한 어머니의 품 같은 자연에 흠뻑 취하니 어제의 힘들고 무거웠던 아픔이 다 씻기는 듯 평화로워진다. 생활의 활력이 전이되는 것 같다.

메타세쿼이아는 곧게 위로 자라기를 좋아한다. 우람한 몸집에 비해 마주 보고 있는 이파리는 매우 작다. 실바람만 불어도 깜짝 놀라 나부끼는 몸짓은 꼭 깃털처럼 아기자기해 신선한 느낌을 준다. 살아 있는 나무 사이사이에 평상을 놓았다. 좁은 골목길에는 예쁜 벤치도 있다. 시간도 멈추었다 갈 만큼 평화가 감돈다. 죽어서 탁자로, 평상으로, 벤치로 변신한 이 널빤지는 나무로서의 생을 마감했다고 하지 않을 것 같다. 다른 삶을 위해 톱과 대팻날에 몸을 맡겨 여러 형태로 태어나 각기 다른 삶의 몫을 다시 살고 있을 뿐이라고 말할 것 같다.

쓸모없는 비탈진 습지에 메타세쿼이아를 심어 푸른 숲을 만든 것만으로도 황홀한데 머물러 쉴 수 있는 쉼터까지 만들다니 훌륭한 작품이다. 발걸음 소리가 삐거덕 우지직 잘 정돈 되지 않은 높고 낮은 음이 서로를 맞추려고 애쓰는 아우름 같이 들린다. 재미있는 음률은 아닐지라도 이번 발걸음에는 무슨 소리를 만들려나. 떼어놓을 때마다 기대된다. 또 이곳에 오면 너 나 할 것 없이 빠뜨리지 않고 하는 행동이 있다. 하늘 높이 우뚝 서 있는 나무를 보기위해 고개를 젖히고 위를 쳐다본다. 그리고 평상 아래 습지에서 들리는 물소리를 듣기 위해 틈새로 땅을 내려다본다. 꼭 병아리가 물 먹는 시늉을 한 번씩 한다.

평상 아래는 사철 물이 흐른다. 그 물은 생명을 키운다. 봄, 여름,

가을이 가고 겨울이 와도 햇빛 한번 비추어주지 않는 캄캄한 곳에서 파란 풀이 자란다. 안타깝다고 할까, 경이롭다 할까. 불평 한마디 없이 자연의 순리를 제 몫으로 받아들여 살아가는 저들이 눈물겹도록 고맙다. 가슴을 설레게 하는 또 하나. 메타세쿼이아 나무 아래는 수많은 기근氣根, 돌기이 나 있다. 저 돌기를 만들어냄은 뿌리가 숨을 쉬기 위함이다. 둘 같아 보이지만 하나인 저들은 서로 다른 모습으로 살지만 하나의 생명을 위해 이리하고 있다. 식물의 세계도 사람의 몸 같이 오묘해 내 마음을 머물게 한다.

우리 인간도 서로가 다른 삶을 홀로 사는 것 같지만, 사실은 끝없는 관계로 본인도 모르는 사이에 누군가가 자신의 삶에 깊숙이 연결 지어져 더불어 자신을 돕고 있다. 죽은 나무로 조각한 탁자며 벤치와 평상이 있으므로 살아있는 메타세쿼이아를 더 우아하게 받쳐주듯, 돌멩이처럼 동글동글하게 생긴 수많은 공기뿌리가 모체를 위해 생명의 통로가 되어주듯, 그래서 머물다 가고 싶은 생각을 돌게 한다.

나는 평상 위 의자에 앉아 눈을 감았다. 깃털처럼 생긴 나뭇잎이 바람결에 부딪히는 소리가 사그락사그락 들려온다. 그리고 내 마음을 들여다본다. 사라진 자잘한 수많은 욕망을 안고 휘청거렸던 얼룩진 기억이 허공에 수놓아 간다. 부도 명예도 젊음도 영원한 줄 알고 놓지 않으려고 무던히도 나 자신과 몸부림쳤다. 또 처해 있는 환경이 남보다 다르다고 얼마나 많은 불평을 했던가. 어두운 곳에서 살아가는 풀처럼 보일 듯 말듯 돼야 했음에도 자신을 내려놓지 못해 싸우고 화해하고 웃고 사랑하고 그렇게 사는 게 인생인 줄 알았다. 많이 부끄럽다. 구름이 하늘에 무늬를 그렸다가 지우듯 부끄러웠던 과거는 지우고 싶다.

이곳 메타세쿼이아도 사계절 사는 동안 하고 싶은 말이 많았을 법도 한데 군소리 없이 힘겨운 삶을 살고 나니 밑 둥이 튼실한 나목이 되어 예쁜 쉼터를 꾸밀 수 있지 않았나 싶다. 사람이나 식물이나 살아가는 과정도 쓰임 받는 과정도 다른 법 자신이 감내해야 할 몫을 잘 감내하고 나면 적기 적소에 아름다운 아우름으로 돋보이기 마련인 것을.

담뱃대

　내 어머니의 분신과 같은 담뱃대에 빨간 수술까지 달려 있다. 참 예쁘다. 앙증맞은 노리개다. 요즘은 연초 잎을 담아 피우는 사람이 없어 담뱃대는 홀대받고 있다. 그럼에도 옛 선조들이 사용하던 물건이라 관광지에서는 이렇게 간혹 만날 수 있다. 소중한 유물을 발굴한 기분이다. 어느 문화유산이 이보다 더 귀하랴. 사용하는 사람은 없지만 이렇게 문화유산으로 자리매김하고 있음이 정말 고마웠다.

　담뱃대를 만날 때마다 어머니의 얼굴이 맴돌았지만, 냉큼 사고 싶은 생각이 없었다. 장식하기에도 엉거주춤해 늘 망설이다 돌아섰는데 오늘은 그냥 두고 올 수가 없다. 댓고바리와 빨대가 녹슨 동같이 보이고 대롱이 오죽이라 오랜 시간 손때 묻은 것 같아 정이 더 간다. 보고 또 보아도 싫증이 나지 않는다. 내 모습은 이미 스러지는 붉은 노을이 되어 소리 없이 물들어가고 있는데, 가슴에는 아직도 추억이 파랗게 피어나 장식품을 모으다니.

　포만감도 없고 향기도 없는 쓴 담배를 어머니는 즐기셨다. 기분 좋은 날은 마셨던 연기를 혀끝을 모아 푸~후 뿜으면 뽀얀 연기가 공중에다 그림을 그리는 묘기도 부리셨다. 그 모습은 참 여유로워 보였다.

나도 커피를 즐겨 마신다. 쌉쌀한 커피 향이 모락모락 피어오르는 한 잔의 커피와 마주 앉았을 때면 그리운 임과 이야기하고 싶은 여유로움이 생기지. 아마 어머니도 한 모금의 연기를 듬뿍 마셨다 길게 내뿜는 이유는 여유와 맛과 향이 나와 같아서 즐기시지 않았나 싶다.

아버지와 어머니는 팔 길이보다도 더 긴 담뱃대로 담배를 피우셨다. 대청마루에 앉아 긴 담뱃대를 문 자태는 어른의 위엄이 풍겨 기품 있어 멋스럽기까지 했다. 가정에 회오리바람이 몰아쳐간 날 담배를 피우는 모습은 마셨던 연기를 긴 한숨과 함께 내뿜으면 가슴에 쌓인 모든 시름이 연기로 변해 날라 가는 것 같아 보였다. 놋쇠로 만든 재떨이를 땅 땅 때리면 그 소리까지도 정겹게 들릴 뿐더러 어머니가 집안 가득 계신 것 같아 좋았다. 놋화로와 재떨이를 때리는 소리는 크고 작은 악기를 연주하는 것 같이 맑고 청아한 소리가 평화롭게 흐른다. 처음에는 힘을 주어 털다 빈 담뱃대를 힘 있게 두드릴 필요가 없어서인지 점점 작아지는 소리까지도 강약 중간 약으로 들렸다. 재를 털어 내는 소리에는 그 날의 감정이 어떠한지도 알아차릴 수 있었다. 기분 좋은 날은 부드럽고 고운데, 심기가 불편한 날은 소리에 매듭이 맺혀 있다.

어머니가 소천한지 언젠데, 지금도 소박한 흰 무명 한복 차림에 화장하지 않은 민얼굴인 그 모습이 왜 이리 오늘따라 또렷이 보이나. 만약 내가 화가라면 평생 입어보지 않은 고운 옷을 입고 긴 담뱃대를 문 어머니의 초상화를 그리고 싶다. 주름진 얼굴에는 나처럼 화장한 얼굴로 바꾸어 드리고도 싶다. 옷도 얼굴도 곱게 단장하면 나이보다

젊게 보여 내 가슴이 덜 아리려나.

담뱃대를 청소하는 아버지의 모습도 그립다. 담뱃대보다 더 긴 실실한 홰기를 조심스레 대롱에 밀어 넣는다. 줄기가 빨대를 통과하는 동안 나락이 달렸던 여러 갈래의 줄기에 까만 고약 같은 진액이 묻어나온다. 노란 담뱃잎에 까만 진액이 이렇게 많을 수가 놀랍고 신기했다. 그 시대도 병을 유발하는 독성인 담뱃진이 연기와 함께 몸속으로 들어옴을 막기 위해 긴 대롱을 선호했다니 선조들의 지혜가 놀랍다. 요즘은 공공장소에서 담배피우는 것을 금한다. 가정에서도 그러하다 보니 연기로 묘기를 부릴 만한 안락한 장소도 여유도 없다.

담배연기처럼 사라진 옛 추억을 오롯이 어머니와 교감을 나누고 싶어 안방에 앉아 긴 담뱃대 문 어머니의 자세로 짧은 곰방대를 입에 물어 본다. 어찌나 작은지 파이프 같아 모양새가 나질 않는다. 그래도 숨을 크게 들여 마셨다. 공기가 입안 가득히 고인다. 푸~우하고 길게 내 뿜어보았다. 아무런 맛도 형체도 눈에 보이지 않는다. 하지만 오랜 세월이 지나 잊히지 않은 기억들이 어머니가 마셨던 뽀얀 연기가 공중에다 그림을 그리듯 가슴 한 자락에 머물고 있는 그리움이 햇살 되어 피어오른다.

글꽂이

　손녀 작품전시회에 와서 작품 앞에 섰다. 모양도 채색도 크기도 다른 그림을 분석하니 피오피 글씨체로 '글꽂이'란 글씨다. 글씨라기보다는 그림에 가깝다. 멋스럽다고 표현하기보다는 상당히 새롭고 신선했다. 진열대에 놓인 큰 종이봉투, 쇼핑백, 영어로 쓴 자신의 명함, 작은 메모장 겉피 등 모두 다 색깔도 크기도 다른 들쑥날쑥한 길쭉한 그림을 가장자리에 나열해 놓았다. 그림의 의미를 알 수 없어 작은 글씨를 읽는다. 글과 책꽂이의 합성어다. '책을 진열하는 책장을 형상화하였다.'라고 설명했다. 그제야 모두가 책으로 보인다. 또 정사각형 상자를 켜켜이 쌓은 그림을 자세히 보니 한 면은 '글'이라는 글씨고 다른 한 면은 '상자'라는 글씨다. 글씨가 아니라 무늬로 보이다니 신기하다. 설명하기를 '딱딱한 문제집이나 학술적인 전문서적보다는 재미있는 이야깃거리가 있는 문학작품을 다루는 서점' 브랜드를 제작하였다고 한다. 자가발전을 위한 창의적 주관적 발상에 놀라지 않을 수가 없었다.

　손녀는 말귀를 알아들을 즈음부터 잠들기까지 엄마가 동화책을 읽어주어 잠들게 했다. 이따금 우리 집에 놀러 와도 책을 안고 왔었지.

유치원에서 돌아온 손녀 자매를 돌보기는 쉬웠다. 기적의 도서관에 데려다 놓으면 책을 보는 건지, 읽는 건지 책꽂이에서 빼어가고 꽂기를 반복하지 않았던가. 초등학교 입학해 얼마 지나지 않아 나무 액자 하나를 들고 왔다. 하늘과 바다가 밑그림으로 그려 있고, 그 그림 위에 '하늘이 파랗다. 바다도 파랗다. 바다가 파람은 하늘이 파래서이다.'란 글이 쓰여 있었다. 누구의 것이냐고 물었다. 미술 시간에 선생님께서 그리고 싶은 그림을 그리되 그 그림에 대해 설명까지 하라고 하셔서 쓴 글이란다. 조회 시간에 운동장에서 교장 선생님께 상으로 받았단다. 어저께까지 꼬마였던 손녀가 벌써 대학생이 되어 미래지향적인 디자이너의 꿈을 현실화시키다니, 나를 태운 기차는 제자리에 멈추어 있는 것 같은데 손녀를 태운 기차는 초고속으로 달리는 것 같다는 착각을 하게 한다.

나에게도 가슴을 설레게 했던 책에 대한 추억이 있다. 학교를 마치자 청천에서 오빠를 도와 잡화장사를 몇 년 했다. 오일장날이면 노상에 책을 펴놓고 팔기도 하고 돈을 받고 빌려줬다. 저물녘 손님이 한산해지면 그곳에서 책을 빌려와 읽고 다음 장날 돌려준다. 미처 다 읽지 못하면 다음 장날로 미루어도 된다. 이런 내 모습을 멀리서 훔쳐본 청년이 있었다. 그는 정의를 외치는 운동권 대학생이었다. 하라는 공부는 않고 데모하다 피신해 왔다고 어른들의 눈초리가 곱지 않았었다. 모두가 각자 일터에서 바삐 일하는 시간에도 할 일이 없으니 냇가에 가 낚시를 하고 매봉산 송시열 묘편들에 누워 시간을 보냈다.

나 혼자 있는 밤에 상점 문을 열고 들어온다. 필요한 물건을 사러

왔거니 생각하고 물건 고르기를 기다리는데 책 한 권을 내민다. 빌려온 책인데 장날이 오려면 며칠 남았으니 그동안 보고 돌려달란다. 사양할 시간도 주지 않고 후다닥 간다. 다 읽은 책을 진열장 구석에 놓았다. 언제 왔다 갔는지 책이 바뀌었다. 무뚝뚝한 성격 탓이겠지, 가볍게 생각하며 책이 바뀔 때마다 반가웠다. 마주치면 그러지 말라 만류하고 싶은데 만날 기회를 주지 않는다. 꼬리가 길다 보니 오빠가 알았고 이성의 교제를 염려해 그 청년을 나 몰래 불러 호되게 꾸중했다는 소식을 친구에게서 들었다. 오빠가 야속해 책이 오고 갈 때 책갈피 속에 한마디 글이 없었다고, 순수한 책 동무 그 이상도 아니라며 앞서가지 말라고 토라진 언사로 해 부쳤다. 그 후 책은 오지 않았다. 그에게 마지막 받은 책이 '장발장'이다. 오빠가 염려하는 이성의 감정을 품지 않았다고 호언장담하고도 이슥한 밤이면 혹여 책이 오지 않았나? 기다려졌다. 책갈피 속에 고맙다는 인사 한 줄 보내지 않은 게 후회되었다.

그 시절 이성의 감정을 품지 않았었다고 했었는데 얼굴을 알아볼 수 없을 만큼 세월이 흘러간 지금도 잊혀지지 않았다니. 오빠가 만류하지 않았었다면 이성이 싹트지 않았겠나 싶다. 지금 만난다면 어떨까. 만약 만난다면 무슨 의도로 나에게 책을 빌려다 주었느냐고 물어보고 싶다. 그리고 숨겨 두었던 서로의 감정도 솔직하게 이야기하고 싶다. 그렇게 대화하다보면 설레는 감정은 없다손쳐도 청춘남녀로 돌아가 가슴이 뛰려나? 어디서 어떻게 살고 있는지 한번 만나보고 싶다. 분명한 건 자기 얘기가 있는 이 글을 읽는다면 그도 기뻐할 것 같다는 생각이 든다.

　그 옛날 나는 손녀가 표현한 길바닥 상자에 꽂힌 책을 빌려다 읽고 다시 상자로 가서 글 꽂이에 꽂았고, 청주에 나오면 빠뜨리지 않고 화문당 상자에 들러 글꽂이에서 한 권은 뽑아가지고 오지 않았던가. 그러던 내가 요즘은 삶을, 자연을 이야기로 만들어 글꽂이에 꽂는다. 그것도 세 곳이나 된다. 한 곳은 우리 집, 다른 한 곳은 세현 교회 로뎀 나무 휴게실, 또 다른 곳은 나와 친숙한 정을 나누는 지인의 커피숍이다. 손녀의 글꽂이란 작품이 내 가슴속 글꽂이에 꽂혀있는 어슴푸레한 추억을 꺼내 읽게 하다니 소녀가 된 기분이다.

　결코 쉽지 않았을 졸업 작품을 내놓고도 모시는 글에 '미숙해 보일지라도 밤이슬을 맞으며 그간의 노력을 최선을 다해 예술혼을 불태운 작품'이란 '표현과 너그러운 마음으로 우리들의 결실을 감상하였으면 한다'는 졸업생의 인사말이 가슴을 뭉클하게 했었다. 요즘 현대인들은 빠른 삶을 추구하며 인터넷 포스팅도 읽지 않고 세줄 요약을 찾지만, 꿈을 현실화시키려는 손녀의 작품처럼 나도 최선을 다해 예술혼을 불태워 손녀의 글꽂이를 메꾸리라.

누룽지

하얀 사기 쟁반에 누룽지를 담아 탁자 위에 놓았다. 고소한 향기가 거실 가득 은은하게 풍긴다. 향기에 군침이 돌아 어느새 손이 가 있다. 평생을 먹어도 싫증이 나지 않는 촌스럽고 투박한 맛, 먹을수록 가슴이 훈훈해지는 맛, 이 맛은 계절의 흐름도 모른다. 먹어도 먹어도 질리지 않는 맛, 심성까지 온화하게 만드는 맛, 모양은 바싹 말라 빈곤해 보이지만 뒷면에는 구수한 풍요가 가득하다. 그리고 천성이 온유하고 베풂의 아량이 풍부한 자선가다. 넘치지도 모자라지도 않으며 따스하면서도 은근한 정이 있어 말없이 헌신하는 어머니의 온기를 느끼게 하는 맛이라 표현하련다.

성미 급한 남편이 단단한 이로 누룽지 깨무는 소리는 우지직 오도독 멜로디를 만든다. 소리뿐 아니라 입안에서 구수한 향기까지 날려준다. 이가 부실한 나는 간혹 먹어도 소리는 물론 나지 않고 오래 물고 있으면서도 혀로 맛을 음미하지만 입 밖으로는 향기가 풍겨 나오지 않는다. 옆에서 맛있게 재미있게 씹는 모습을 지켜볼 때는 구수한 향기가 나를 포근히 감싸 주어 함께 먹고 있다는 느낌을 들게 한다.

남편이 누룽지를 먹을 때면 침이 마르도록 가슴에 묻어둔 추억을 꺼내 이야기꽃을 피운다. 새벽에 눈을 뜨면 언제고 머리맡에는 누룽지가 있었다고 한다. 배고픈 시절 누나와 여동생 몰래 이불 속에서 먹던 콩 누룽지 맛은 파삭하고 달짝지근했단다. 무쇠솥 바닥에 밥물까지 눌어붙어 있는 밑밥을 몽당숟가락으로 박박 긁어 덜 눌은밥과 함께 꼭꼭 둥글게 뭉치면 쫀득쫀득하고도 구수한 맛을 모르는 이 없건만 침이 마르도록 자랑한다. 어머니가 자신만을 위해 만들어 두었다 형제들 몰래 주던 누룽지라 더 그리워하는 것 같다. 누룽지가 생각나면 먹고 싶은 표현을

"콩 누룽지 맛을 아느냐"라고 묻는다. 나는 어려서 누룽지는 솥 밑바닥에 남아있는 찌꺼기 밥으로만 알았다. 요즘은 누룽지가 몸에 좋다는 연구 결과가 나오자 공장에서 대량으로 만들어 마트에서 판매한다. 누룽지 만드는 제조기도 발명했다. 누룽지로 만든 음식도 다양하다. 이렇게 너나 할 것 없이 누룽지를 선호한다. 남편을 위해 자주 누룽지를 만들게 되었다. 남편은 혼자서 누룽지 차도 만들어 마신다. 차 만드는 방법은 간단하다. 누룽지를 잘게 부수어 보온병에 넣고 끓는 물을 붓고 얼마 동안 두었다가 찻잔에 따르면 구수한 누룽지 차가 된다. 맛이 일품이라며 내게도 준다. 정말 향이며 빛깔이 고풍스러운 누룽지 고유의 순수한 맛이다. 어느 차에도 밀리지 않을 만큼 순하고 예쁘다. 남편은 누룽지만한 간식은 앞으로도 없을 거라고 한다.

  내가 만든 누룽지는 밥 지을 때 밥물까지 누른 쫀득한 정이 담긴 누룽지가 아니다. 밥을 말려 까슬까슬할 뿐더러 걸쭉한 밥물이 없어 뭉쳐지지도 않는다. 솥 모양 그대로 말랐다. 그럼에도 간식 중에 이보

다 더 좋은 간식이 없다며 맛있게 머는다. 나는 누룽지를 이렇게 만든다. 식은 밥을 솥에다 넣고 물을 반 공기 붓고 주걱으로 자근자근 눌러 편다. 바닥에 깔린 밥이 솥에 찰싹 붙으면 주걱으로 한 꺼풀 살살 걷어 준다. 빛깔이 노릇노릇 변하며 밥알의 부피가 줄어든다. 가장자리가 솥으로부터 일어난다. 하얀 밥이 오랜 시간 뜨거운 열로 인해 누르스름한 빛깔로 변하는 동안 구수한 향기를 밥알이 머금는다. 누룽지로 변해가는 밥알을 보고 있노라니 자신의 몸을 아낌없이 불에 달구어 낮은 자세로 변하는 모습이 볕에 그슬린 아버지의 손등을 보는 것만 같다. 구수한 향기는 아버지의 향취 같아 그리움을 싹트게 한다.

누룽지는 아미노산이 풍부해 소화를 못 시켜 구토하는 병을 치료한다고 동의보감에 소개되었다. 또 딱딱한 누룽지를 깨물어 먹으면 턱관절 운동이 되어 좋다고 한다. 누룽지를 씹으면 침이 많이 생겨 소화에 도움을 준다고도 한다. 속이 더부룩할 때 누룽지를 입에 넣고 잘근잘근 씹으면 속이 편해진다는 남편의 말이 동의보감에 소개됨을 보고야 명언임을 믿었다.

오늘은 남편이 좋아하는 누룽지를 만들어야겠다.

연리지

여름의 길목에 들어선 초록의 유월, 나뭇잎이 울창한 숲속을 걷다 종이 다른 나무가 꽉 껴안고 있는 것처럼 보이는 것을 보았다. 틈새가 없다. 두 나무를 만져보았다. 각자 겉피의 촉감이 다르다. 뿌리가 다른 나뭇가지가 수년 또는 수백 년 한 방향을 향해 한 치의 양보도 없이 폭염과 태풍 한설을 함께 겪으며 성장한 결과다. 그렇게 자라는 동안 몸이 맞닿았고 닿은 그곳의 껍질이 터지고 진물이 흘러 서로의 진액이 나뭇가지에 붙어서 하나가 된 것처럼 보였다.

이런 나무의 모습을 연리지라 한다. 이렇게 살려면 아픔을 서로 보듬으며 감싸 안지 않았겠나 싶다. 두 나무가 서로 엉켜 있으면서도 본연의 성질을 잃지 않고 잎의 모양도 겉피의 색깔도 잘 보존했다. 강자가 약자를 누르는 그런 모습이 아니라 함께 공유하면서도 서로에게 집착하지 않고 둘의 나무로 자유롭게 공존한다.

같은 종은 한 나무의 뿌리가 죽어도 다른 하나의 뿌리가 빨아올린 양분을 나누면서 잎을 피우며 상생한단다. 영양분을 공급받았음에도 자신의 나이테를 보존한다고 한다. 한 몸이 되었다고 서로의 본질까지 빼앗지 않는다니. 참으로 경이로운 모습이다. 둘이면서도 하나, 하나이면서도 둘 참으로 기이한 인연이다. 이렇게 하나가 되는 과정 속에는 자신의 살 속에서 또 하나의 다른 살이 자라도록 양보해야 하는 동안 아픔을 감내해야 했으리. 나는 발가락에 티눈이 박혔다. 티눈이 자라면 아프다. 나무도 자기의 몸에 옹이가 만들어지는 동안에는 심한 아픔이 있다 한다. 남의 살이 내 살 속에서 자란다는 건 더 심한 고통이 있었겠지. 이런 인고의 과정을 거쳤기에 사랑 나무, 혹은 부부 나무라고 하지 않겠나 싶다. 나와 함께 산행하는 지인 중 젊은 부부가 있었다. 그 남편이

"사랑은 이렇게 하는 거라고 가르치네."라며 아내를 꽉 껴안는다. 수줍어하면서도 기다렸다는 듯 웃음 먹은 얼굴로 폭 안긴다. 싫지 않은가 보다. 커플 댄스 하는 남녀가 춤으로 대화하듯 저들도 살로 이야기하느라 떨어질 줄 모른다. 그 모습이 귀여워 멀리서 가까이서 렌즈를 들여대니 오히려 자세를 취해주며 즐긴다. 그래, 풋내 진동하는 사랑도 젊어야 하는 법, 나도 젊어 한때는 남편의 품이 어릴 적 엄마의 품보다도 더 넓고 포근하고 듬직했던 적도 있었다. 저 부부도 오늘까지 사는 동안 지금처럼 포옹만 하고 살지 않았으리. 참기 어려운 혹한 꽃샘추위 같은 살을 에는 아픔이 와도 잠시 스쳐 지나가는 바람이려니 기다린 삶이 있었음을 이웃에 살며 보았기에 오늘의 모습이 아름답게 보일뿐더러 내 마음마저 잔잔해진다.

연리지의 삶 역시 인간의 삶과 다를 바 없다는 생각이 든다. 각자 개성이 다른 남녀가 결혼해 자식 낳아 키우면서 어떻게 하여야 남보다 더 큰 사람을 만드나, 이웃과 경쟁하여 자기 영역을 더 늘리나 밤

낮으로 고심하는 동안 연리지처럼 친숙한 동료에게 아픔을 주기도 하고 받기도 했을 게다. 저 연리지 역시 한 토양의 양분을 더 많이 흡수해 튼실한 거목을 만들려는 욕심에 저런 모습이 되었다. 자기의 몸집을 키우는 데만 급급해 옆 가지에 숱한 생채기를 주고받으며 자랐다. 인간의 이기심과 소유욕과 무엇이 다르다 할 수 있나.

돌아오는 차 안에서 나에게 물었다. 주어진 환경을 탓하지 않고 서로 감싸 안은 연리지의 삶이 나무였기에 더 쉬우려나. 아니면 변덕스러운 날씨처럼 환경 따라 시시각각 변하는 감정을 누르며 사는 우리네 삶이 더 쉬우려나. 장성하여 부모를 떠나 가정을 이루고 평생을 산다는 건 잠시 지나가는 소나기가 아니다. 쉬웠더라면 오늘날 부부나무라, 사랑 나무라는 이름이 붙여지지 않았으리.

목사인 남편에게 젊은 남녀가 종종 찾아와 주례를 부탁해온다. 그럴 때마다 남편은 '인간은 누구나 자신의 것이라면 깃털보다도 더 가벼운 것도 내려놓지 않으려 하는 것이 본질이다. 남녀가 한 몸이 되어 뼈 중의 뼈요 살 중의 살로 살아가는 부부도 예외는 아니다. 결혼하면 서로의 모자라는 부분을 채워주는 게 부부'라고 간결하게 당부했었다.

나도 남편처럼 연리지 나무 아래서 예쁜 사랑을 보여준 부부에게 이렇게 기대해 본다. 저 연리지처럼 영양분을 공급해 주었어도 상대가 자신의 나이테 만드는 것을 터치하지 않는 것처럼 남편은 아내에게 아내는 남편에게 자신의 생각을 너무 강요하지 않기를. 그리고 쉽게 헤어지는 헤픈 사랑을 하지 않기를 기대해 본다.

섶다리

달리는 차안에서 바라본 강원도 영월 강변의 검고 흰 조약돌이 4
월의 햇볕과 눈 맞춤하며 놀고 있다. 그리고 섶다리도 보인다. 맑고
고운 햇살이 내려앉은 냇가의 풍경이 내가 건너던 우리 마을 섶다리
를 닮았다. 천연기념물을 만난 듯 가슴이 설렜다.

옛어른들은 시집가는 새색시를 가마에 태우고 앞뒤 두 사람이 저
좁은 다리를 건넜다. 상여를 메고 가는 기술은 기절할 만큼 노련했다.
상여는 양옆으로 네 명씩 메어 다리 폭보다 더 넓다. 그럼에도 소리
꾼의 소리에 발을 맞추어 서로가 당기며 발을 안으로 떼어놓으며 건
는다. 도저히 상상할 수 없는 고도의 기술이었다. 바라보고 있으면 떨
어질까 가슴이 콩닥콩닥 뛰기도 했었다.

작아지는 풍경을 눈에 오래 담으려고 몸을 돌려 바라보는데 나도
걸어봤으면 하는 아쉬움이 고무풍선처럼 부풀어 오른다. 저곳에 사
는 이들의 마음은 평화로운 어머니의 품처럼 온화하고 고요하고 아
늑하고 청순할 것만 같다. 냇가 섶다리는 멀어지는데 마음은 사색의
뜰에서 멈출 줄 모르고 끝없이 빨려든다.

내 고향은 물이 많아 저 섶다리가 마을의 유일한 살림살이 중 하

나였다. 한 물줄기가 산을 안고 돌고 돌아 흐르기 때문에 멀고 가까이에 두 개나 있었다. 개울을 건너야 전답도, 이웃 마을도, 학교도, 면소재지의 오일장도 갈 수 있었다. 섬도 아닌데 두 개의 다리 중 하나의 다리를 건너야 마을을 벗어난다. 냇가의 풍광은 동글동글한 크고 작은 조약돌이 모여 있는 곳도 있고 모래알이 넓게 펴진 백사장도 있다. 해질녘이면 서서히 하얀 물안개가 피어 냇물을 밤새 품어 앉고 있다가 아침 해가 돋으면 물안개는 서둘러 햇살에게 주고 떠났다. 한 폭의 수채화 같은 마을이었다. 두 개의 섶다리가 놓였던 그 자리에는 지금은 철과 시멘트로 견고하고 우람하게 놓여 농업에 필요한 크고 작은 농기계며 자가용이 달리고 있다.

우리 마을 가까이에 놓인 다리는 작은 장마에도 잘 쓸려갔다. 장마철 흙탕물이 굉음을 내며 다리 기둥을 휘돌아 때리고 가면 금방이라도 물살의 힘을 못 이겨 버팀목으로 서 있는 통나무가 뽑힐 것만 같아 정말 안타까웠다. 장마가 할퀴고 간 자국은 빗물에 쓸려 상판의 흙이 없어 구멍이 뻥 뚫린 곳이 생긴다. 엎드려 네발로 기어 갈수 있음만으로도 좋았다. 바람이 부는 날에는 중심을 잡느라 팔을 벌리고 걸어도 재미로 알고 즐겼다. 다리가 장마에 떠내려가면 아무리 추워도 양말과 신발은 벗어야했고 허리까지 오는 물을 치마를 올리고 건너도 팬티가 젖어 온종일 축축했었다.

어려서는 기술이 없어 다리의 몸집을 작게 만들어 쉽게 떠내려가는 줄로 알았다. 철들어 생각하니 위에는 큰 보가 있고 물을 농수로 보내고 적당량의 물이 흘러 징검다리를 놓기에는 너무 많고 섶다리를 놓기에는 수심이 얕다. 하지만 물의 흐름이 강해 높이도 폭도 작게 만들었다. 먼 곳에 있는 다리는 높고 견고해 큰 다리로 가면 옷을 벗지 않아도 되지만 돌아가야 한다. 큰 다리 마을 친구들이 부러웠다. 그 다리는 물이 깊고 강폭이 넓어도 물살이 없어 긴 다리일지라도 웬만한 장마에도 떠내려가지 않았다. 다리가 넓어 유유히 흐르는 물을 보아도 무서움이 덜했다.

바쁜 가을걷이가 끝나야 한 날을 정해 이 마을 저 마을 어른들이 다리를 놓는다. 섶다리는 통나무 세 개를 하나로 묶어 삼각형으로 벌려 놓고, 그 위에 굵은 나무를 가로 세로 골격을 만들고 청솔가지를 얼기설기 얹고는 잔디를 뿌리째 퍼와 엎어 놓고 흙으로 덮는다. 이렇듯 힘겹게 놓은 다리를 오래도록 보존하기 위해 소는 다리 위로 걸을 수 없다. 소의 몸집에 비해 발바닥이 작아 흙이 파이기 때문에 달구지를 끄는 소가 아닐지라도 소의 고삐를 잡고 함께 물로 건너야 했다. 간혹 지각없는 사람이 다리 위로 소를 몰면 긴장한 소는 언제고 똥을 싸며 똥을 본 사람은 혀를 치며 마을의 공동 재산이 쉽게 망가질까 안타까워했다. 여름이 오면 아이 어른 할 것 없이 장마에 다리가 잘 버티어주기를 바라지만 그 바램은 늘 허망 된 꿈이었다.

오늘 내가 본 영월의 섶다리는 문화재로 보존하기 위해 만들었다고 한다. 옛 선조들의 삶의 애환을 상기시키려는 하나의 전통 방식이다.

뭐든지 쉽게 바꾸고 잊어버리는 요즘도 외길만 걸어온 사람을 장인 혹은 문화재 같은 사람이라 한다. 수천의 낮과 밤이 물처럼 흘러

간 지금도 나에게는 달구지도 갈 수 없는 섶다리며 땅검과 함께 하얀 물안개가 피어 냇물을 품어 안은 한 폭의 수채화 같은 마을이 기억 속에 있다. 현재는 섶다리가 있던 장소에 철과 시멘트로 견고하고 우람한 다리가 놓여 생활하는데 편리하다. 그럼에도 옛 섶다리가 보물 같다며 걷고 싶다. 그립다 한다.

가을 산

　'휘이휘이' 떠나가는 가을을 배웅하며 아쉬워할 오빠를 뵈려고 고향인 청천을 향해 달린다. 그 옛날 나의 성장을 지켜봐 주던 가을 햇살과 바람이 변함없이 반긴다. 일손을 놓은 후 오빠의 유일한 낙은 산을 벗 삼아 봄이면 나물, 가을이면 버섯, 도토리를 따다 형제들에게 나눠 주는 재미로 사시다가 몸이 연약해 가을 산을 바라만 보는 가련한 사람으로 변했다.

　시장을 들어서니 입이 딱 벌어질 정도로 야생버섯이 장사진을 이루었다. 가을비가 적당히 와 삼 년을 두고 나와야 할 버섯이 올해 다나왔다고 말들 한다. 산을 오르면 버섯이 지천이란다. 이런저런 산 소식을 들을 때마다 즐겨 찾던 산이 얼마나 그리울까. 생각하니 온몸에 뼈의 울림이 느껴온다. 수북이 쌓인 버섯의 종류도 다양하다. 옆을 지나는데 제법 버섯 향이 솔솔 난다. 야생버섯이 위험하다고 말들 하면서도 이런 향 맛에 매료되어 자꾸 산 버섯을 찾나 보다. 손수 딴 버섯을 가지고 와 골목에 펴놓고 가을 뙤약볕 아래 앉아 사주기를 기다리는 할아버지 할머니도 있다. 다 팔고 가야 할 텐데 걱정스러운 눈빛으로 둘러보고 있는데 잘 자라 몸집이 튼실한 녀석이 익어 짝 벌어진 으름과 까만 알과 파란 알로 반백인 엉성한 머루 송이가 내 눈에 뜨인다.

"와 으름이다."

낯익은 친구를 만난 듯 덥석 손을 내밀어 악수하듯 잡았다. 나의 행동을 바라보던 할아버지 빙그레 웃으시며 익은 커다란 하나를 따서 내민다. 사양도 하지 않고 덥석 받아 반가운 나머지 그 자리에 쪼그리고 앉아 마음속으로 네 맛을 얼마나 그리워했는지 너는 모를 거야. 라며 조심스레 한입을 물었다. 천천히 맛을 음미해 본다. 상상했던 유년 시절 먹던 맛을 찾을 수가 없다. 또 머루알을 하나 따 물었다. 톡 터지는 순간 단맛에 길들여 있는 혀라 눈이 감길 정도로 신맛이다. 내심 섭섭함이 없진 않지만 그럼에도 잊었던 옛 가을 산 맛을 맛보니 더할 나위 없이 마음이 마냥 즐겁다. 할아버지의 넉넉한 마음도 가을 햇살처럼 포근해 머루와 으름 모두를 값을 지불하고 가져왔다. 잊었던 소중한 고향을 가슴에 안고 가을 맛으로 곱게 물든 마음으로 애잔한 오빠를 뒷자리에 모시고, 화양동을 지나 송면 옥양동 그 유명한 삼송나무아래까지 왔다. 당신의 오토바이 세우던 자리라며 그곳에 차를 주차하란다. 야윈 오빠의 옆모습을 보았다. 아직 머뭇거리고 있는 가을 들녘을 말없이 바라본다. 눈을 들어 또 먼 산도 보고 있다. 여물어 가고 있는 머루, 다래, 으름, 밤, 도토리, 버섯이 손짓하는 것을 보았는지 입가에 웃음이 번진다.

향수에 한껏 부푼 내 마음도 가을이란 옛 친구의 손에 붙잡혀 어느새 조용히 산으로 향한다. 으름덩굴은 칡덩굴처럼 나무를 휘감고 올라가 높은 나무에 달려있다. 으름은 작은 나무나 가시덤불 같은 곳에 얼기설기 둥지를 틀고 있으면 덩굴도 상하지 않고 잘 따게 된다. 대다수는 높이 매달려 있어서 점프하기도 하고 덩굴을 사정없이 잡아당겨 손실되는 덩굴이 많았다. 으름은 배 부분과 등 부분을 쉽게 알아볼 수 있다. 익으면 배 부분이 짝 벌어진다. 갸름한 으름은 까만 씨앗을 하얀 크림 같은 속살이 품고 등에 붙어 있다. 한 꼭지에 여러 개가 달려 있다. 잘 익어 벌어진 모양은 커다란 꽃송이 같다. 연보랏빛 앙증맞은 작은 꽃과 가느다란 줄기에 비교하면 덩치 큰 열매 꽃이 더 예쁜 것 같이 보였다. 그렇게 보임은 미각을 돋우는 열매이기 때문이리.

내 고향 가을 산의 명물인 머루는 습한 곳에서도 서식하는 식물이라 산기슭에서 손쉽게 볼 수 있다. 으름덩굴처럼 덤불 속을 헤집고 들어가면 둥그런 공간이 있다. 그곳에서 위를 바라보면 알이 작을 뿐 포도를 똑 닮은 머루 송이가 주렁주렁 매달린 것을 볼 수 있다. 파란 알 사이에 있는 검은 알을 따 입에 넣고 오물오물 씹으면 새콤달콤한 맛이 일품이었다. 검은 알과 파란 알이 섞인 송이를 바구니에 담아서 집으로 오는 발걸음은 가볍기만 했다. 머루와 쌍벽을 이루는 다래가 또 있다. 다래는 신맛이 덜해 먹기가 편하다. 씨만 영글면 따서 항아리에 두었다가 말랑말랑해지면 먹는다. 나무에서 익은 맛과 별 차이가 없다. 다래나무도 역시 덩굴이지만 혼자서도 자란다.

으름과 머루를 한 바구니 가지고 와 사무실 직원들에게 하나씩 나누어 주며 한국 바나나 가져왔다고 했다. 씨가 너무 많아서 먹을 수

가 없다며 요리 보고 조리 보며 쉽사리 먹으려 하지 않을뿐더러 반가
워하지도 않는다. 딱 한사람 나와 연배가 같은 기사만이 반겨준다. 그
러거나 말거나 오감으로 풍성한 가을 열매를 마음껏 맛본지라 주름
진 마음이 행복하기만 하다. 탐스럽게 맺어준 열매를 선물한 가을이
너무나 고마워 서서히 떠날 준비를 하는 가을에 이렇게 작별 인사를
했다. 나도 가을의 문턱을 넘으려 한단다. 너는 열매로 나는 덕으로
그렇게 머물다 우리가 머물렀던 자리에 튼실한 열매와 아름다운 인
품의 향기를 풍성히 남기고 가자꾸나.

비빔밥

비빔밥을 먹기 위해 전주에 갔다. 노란 놋대접에 오색 나물을 곱게 썰어 색깔을 조화롭게 맞추어 둥글게 놓고 복판에는 소고기로 장식했다. 보기 좋게 담긴 고풍스러운 품새를 버무리고 싶지 않아 바라만 본다. 비빔밥은 우리나라의 역사와 문화가 고스란히 녹아있다. 그 옛날 나물밥이 세월이 흐름만큼 끊임없이 변해 오늘의 전주비빔밥으로 변했다. 예쁜 꽃송이를 닮았다는 생각에 바라보는데 인상 깊게 자리잡은 가련한 여인들의 호탕한 웃음소리가 들린다.

우리 집 뒤꼍에는 툇마루가 길쭉이 놓였고 뒷마당 양지쪽에는 크고 작은 장독이 많았다. 그 곳은 사촌, 육촌, 애기 엄마들의 집합장소였다. 그 시대 여인들에게도 휴식 공간은 필요했다. 모이면 언제나 의식처럼 행하는 일과가 있다. 둥근 독 뚜껑을 벗겨다 놓고 너풀너풀한 나물을 듬뿍 담고 보리밥 한 그릇을 넣어 버무려 놓고 둘러앉아 입을 크게 벌리고 볼이 터져라 게 눈 감추듯 마구 퍼먹었다. 이제 생각하니 비빔밥이 좋아서 먹은 게 아니라는 걸 알게 되었다. 군인이 호된 훈련을 견딜 수 있음은 함께 하는 동료가 있었기에 가능하다. 그렇듯 배고픈 시절 또래의 여인들이 한자리에 모여 허기진

배와 심신을 나물밥으로 채웠기에 고추보다 더 맵다는 시집살이를 무난히 견디지 않았을까. 내 친정어머니가 제공한 장소는 젊은 애기 엄마들에게는 친정어머니 품 같이 따뜻한 곳이었기에 그녀들을 모이게 하지 않았나 싶다. 사실 그녀들이 즐겨 먹던 비빔밥은 험했다. 밥 한 그릇에 나물을 듬뿍 넣고 김치 버무리듯 버무려 파란 나물에 빨간 고추장 물이 든 밥알이 여기저기 보일 정도였다. 그럼에도 밥 수저가 주먹같이 컸었다. 저 밥을 어찌 다 먹나 염려될 때도 있었다. 또 많이 먹는 그녀들이 미개인 같아 걱정도 되었다. 맛있게 먹는 환한 얼굴이 잊혀 지지 않는다. 함박웃음 뒤편에는 어떻게 퍼야 밥 수저를 더 크게 뜨나 요령을 부리는 것 같았다. 재료도 정해져 있지 않고 궁합도 따지지 않았다. 제철에 많이 나오는 채소가 주 메뉴다. 억센 나물도 된장과 고추장 참기름을 넣고 이리저리 몇 번만 굴리면 보들보들해진다.

고향 친구 얘기를 하고 싶다.

그녀는 생각 없이 먹다보니 해가 거듭할수록 체중이 불어나 무릎 관절이 망가져 걸음을 잘 걷지 못했다. 체중만 늘어나는 게 아니라 병까지 늘어나 복용하는 약봉지도 늘어나더란다. 이러다 죽겠구나, 낙담하고 있는데 친정어머니의 날씬한 몸매가 보여 어머니는 무엇을 드셨지? 자신에게 묻고 있는데 허리를 구부리고 솥에서 가족 식구 수대로 밥을 푸고 나면 어머니 밥그릇은 언제고 끌어 담은 몇 수저였다. 어쩜 저울로 달은 것처럼 끼니 때마다 모자랐다. 얼마 되지 않는

밥에다 나물을 듬뿍 넣어 비벼 드시고 물 한 대접을 쭉 들어 마신다. 어머니처럼 먹으면 되겠구나 라는 생각이 드는 동시에 자신의 살을 보니 너무나 어머니께 죄송했다고 한다. 그 후 살을 빼기 위해 어머니처럼 먹기를 시작했다. 3개월이 되니 몸이 가벼워지고, 허리와 무릎이 자유자재로 움직여지더란다. 2년이 지난 현재는 혈압약과 당뇨약도 안 먹는다고 자랑한다.

가족이 모여 기름진 음식을 차려놓고 권하면 평생 나물밥으로 사신 어머니의 밥그릇이 아른거려 죄스러움에 목이 메었다며 눈에 이슬이 맺힌다. 그녀는 살기 위해 나물밥을 먹지만, 어머니는 없어서 그렇게 드셨다. 또 보이는 건 흘러내리지도 않았는데 일하다 말고 앞치마 끝을 다시 풀어 조여 매는 모습이다. 허기진 배를 움켜쥐는 행동이라는 걸 이제야 알다니, 어머니의 삶이 너무나 가련해 가슴이 메어진다 했다. 때론 비빔밥이 지겨울 때면 어머니도 나처럼 먹기 싫은 적이 있었겠지. 두고도 안 먹는 나의 마음은 그래도 부자이지만, 없어서 못 드신 어머니의 마음은 얼마나 가난했을까 생각하다 한없이 운 적도 있었다고 한다.

비빔밥은 우리나라의 역사와 문화가 고스란히 녹아있다. 세월이 흐른 만큼 나물밥도 끊임없이 변했다. 요즘은 건강한 먹을거리에 대한 관심이 높아져 참살이 밥상을 찾아다닌다. 그 중 비빔밥이 들어있다. 외국인의 입맛에도 쉽게 다가가 한국을 대표하는 밥상이 되었다. 그 옛날 자라면서 보아온 장독대 그녀들은 보기도 좋고 맛도 좋고 영양도 적당한 지금 내 앞에 놓인 비빔밥을 먹지도 보지도 못했다. 하지만 왕후장상의 영양과 모양을 고루 갖춘 비빔밥이라 할지라도 옹기그릇에 버무려 굶주림의 혀끝이 만든 맛을 따라잡지 못할 것 같다는 생각을 해본다.

가래떡

아주 먼 옛날 뛰어노는 자식을 불러 '배 꺼질라. 그만 놀럼.'이라며 말리던 시절 우리 집 이야기가 생각난다.

평소 탈곡을 하던 발동기가 설 명절을 며칠 앞두고 헛간에서 마당으로 나왔다. 큰 바퀴와 작은 바퀴에 피댓줄을 걸고 손잡이로 바퀴를 돌리니 탕탕탕 소리를 내며 돌아간다. 돌고 도는 공이 입구에 양철을 돌돌마라 두 개를 끼우고 김이 모락모락 나는 고두밥을 넣으면 마법에 걸린 밥알처럼 기다렸다는 듯 줄지어 빨려 들어간다. 언저리에서 구경하고 있는 밥알은 주걱으로 밀어 넣어주면 공이는 잽싸게 받아 마구 으깨고 있다. 어둡고 비좁은 공간에서 문드러지고 으스러지는 동안 고슬고슬한 이밥의 구수한 향기는 사라진다.

자신이 망가지기를 바라는 주인의 마음을 알기라도 하는 듯 고분고분 잘도 부서져 매끈한 가래떡이 두 개의 구멍에서 나란히 미끄러지듯 흐른다. 짧은 순간에 간간하고 달짝지근한 맛으로 변한다. 간혹 고집을 부리고 으깨지지 않은 밥알이 표면에 붙어 뒹굴어도 발동기에서 뽑는 가래떡은 쫄깃쫄깃한지라 모양이야 어떠하든 맛깔스러웠다. 요즘은 기술이 발전해 쌀을 가루로 만들어 가래를 뽑는다. 만약 지금까지 가래떡에 볼품없이 밥알이 붙어 있다고 상상해 보자. 또 떡국에 밥알이 예전처럼 보인다면 아마 마뜩찮아 맛도 보지 않고 상을 물리지 않겠나 싶다.

발동기로 가래떡을 뽑기 전에는 어머니는 이렇게 가래떡을 만드셨다. 올케 형님들까지 단아한 한복에 흰 앞치마를 두르고 머리에는 흰 수건을 쓴다. 복장만으로도 성스러운 의식 같아서 보기 좋았다. 하얀 쌀가루가 가득 담긴 시루를 무쇠솥에 올려놓고 김이 새지 않도록 밀가루로 번을 바르고 아궁이에 불을 때 찐다. 마당에는 멍석을 깔고 그 위에 넓적한 떡판을 내놓는다. 쌀 향기가 가득한 김이 나는 떡을 흰 수건을 두른 오빠들과 머슴이 번갈아 자루 달린 떡메로 문드러질 때까지 친다. 어머니는 간간한 소금물을 발라가며 한곳으로 모아준다. 잘 이겨진 떡을 방으로 가져가 국수판에 조금 떼어 놓고 쫄깃쫄깃해질 때까지 물을 묻혀가며 가늘고 길게 손으로 비빈다. 가래떡 만드는 모습은 단아한 모습이었지만 아무리 힘들여 치대도 발동기가 요란한 소리를 내며 뽑은 쫄깃하고 반질반질함은 따라잡지 못했다. 가래를 한입 물어도 쫄깃함이 없었고 끓여도 금세 불어 맛이 별로였다.

그 옛날 탕탕탕 방아 소리는 마을 어른이나 아이 할 것 없이 구경하러 나오라는 소리로 들렸다. 인근 방앗간에서도 보지 못한 처음 보는 떡 뽑기였으니 어찌 신기하지 않았겠나. 둘러서 있는 남녀에게 어머니는 맛보라며 가래떡을 들고 다니며 떼어준다. 친구들 속에 끼어있는 나를 발견했다고 더 크게 주는 법은 없다. 얼른 받아 한입 물면

쫄깃쫄깃한 감촉이 어찌나 오묘하던지. 쫄깃한 떡을 씹다 보면 왜 그리 목구멍으로 빨리 넘어가려고 하던지 삼키지 않으려고 용쓰던 모습이 기억 속에서 어른거려 혼자 웃고 있다. 왜 간간한지도 왜 달짝지근한지도 그때는 몰랐다. 기절할 만큼 그 맛은 꿀맛이었다. 지금도 잊을 수가 없다. 부끄러워 엄마 치맛자락에 숨어 있는 꼬마까지 불러 떼어주시던 어머니였다. 받아 들고도 자식 입에 들어가는 것을 보고야 입에 넣는 아주머니들의 행복한 웃음도 보인다. 어머니가 자랑스러워 어깨에 힘을 주며 으스대고 싶었던 아련한 추억만으로도 배부르다.

현재는 방앗간에 전화 한 통화만 하면 우리 인생의 애환이 담긴 가래떡을 받아먹는 편한 세상이 되었다. 그럼에도 종종걸음으로 떡 냄새가 폴폴 나는 함지박을 들고 부엌에서 마당으로 안방에서 건넌방으로 문지방을 넘어 다니며 정성 어린 손길로 만들던 모습의 얼과 멋이 웬지 고풍스럽게 느껴진다. 세월이 흐르면 잊힐 법도 한데 아직도 또렷이 생각난다. 늘 가족이 먼저였고 이웃이 먼저였던 어머니가 오늘따라 더욱 그립다.

지금까지 나를 위해 희생한 음식처럼 나도 누군가를 위해 힘의 원천이 될 수는 없으려나? 내가 만약 가래떡이라면 자신의 배를 채우지 않고 남을 먼저 생각하는 후덕한 어머니의 손에 들려지고 싶다. 먹은 것이 부실해 비어 있는 친구의 위에 들어가 힘의 근원이 되어보고 싶다.

설날에 흰 가래떡을 만들어 끓여 먹는 유래는 새해 첫날 깨끗한 떡

국처럼 청결해야 한다는 뜻에서란다. 가래떡을 길게 뽑는 의미는 재산이 그만큼 늘어나고 무병장수하라는 뜻에서였다. 또 동전같이 동그란 모양으로 썰은 화폐인 엽전처럼 생긴 떡국을 먹으면 돈이 많이 들어와 풍족하기를 바라는 마음에서란다. 근거 없는 말이지만. 조상들이 그렇게 믿고 해 먹었듯이 돌아오는 설날에는 나도 어김없이 하얀 가래떡을 뽑아와 동전같이 썰어 맛깔나는 떡국으로 한 해를 열리라.

고사목

　때 이른 첫눈이 꽃잎처럼 살포시 내린다. 수분까지 많은지라 가느다란 앙상한 나뭇가지에 앉기 좋은 눈송이다. 금세 겨울나무에 새하얀 옷을 입혀 주었다.

　불현듯 덕유산 정상에서 하얀 함박눈을 가지마다 두툼한 흰옷으로 갈아입고 서 있는 고사목이 그림 되어 눈에 어린다. 흰 눈으로 온몸을 두른 고사목 위에 구름 사이를 비집고 고운 햇살이 영롱한 빛 되어 반짝였다. 이 맵시를 보고 감격하지 않을 사람이 어디 있겠나. 나도 만취해 함성을 지르며 이렇게 말했었다.

　"고사목, 왜 네가 이렇게 멋스럽게 보이는 거니."

　곱게 서려 있는 그리운 추억이다. 고사목은 황량한 산기슭에 도도히 서 있는 자태가 신비스러워 감탄사를 자아내다가, 비가와도 비를 막아줄 그 무엇도, 한여름 이글거리는 태양 볕이 뜨거워도 그 빛을 피할 수 있는 그늘이 없다는 애잔한 마음이 들며 안절부절 못한 적도 있었다.

　사계절 언제 보아도 덕유산 정상은 바람이 잠시도 쉬지 않고 찾아와 놀이마당을 벌이는 곳이다. 그곳 바람의 길목에서 살아가는 작은 나무의 가지는 신들린 대처럼 흔들리지만 이 땅의 삶을 다하고 간 고사목은 위풍당당이 서 있었다. 저 고사목에도 꿈결같은 추억이 있었을 게다. 잎을 틔우던 봄날의 설렘, 비와 바람과 햇살이 반짝이던 여름날 잎들이 평화롭게 뿌리로부터 수액을 공급받았을 때의 기쁨, 가을날 곱게 물드는 종이 다른 나무를 보며 단풍의 향연을 부러워하던 날들도 있었으리. 또 온몸이 멍들도록 매운 태풍에 얻어맞을 적에는 아프기도 했을 것이고, 가지들이 부러져나갈 적엔 비명을 지르며 아파했겠지. 또는 두려움에 울음도 터뜨리지 못했을 것이다.

긴 생의 희로애락을 고스란히 품은 오늘의 모습이 노련한 조각가가 두 손으로 다듬어 깎아 놓은 듯 품격 있는 예술작품으로 변신하지 않았겠나 싶다. 가까이 다가가 손으로 만졌다. 촉감이 막 태어난 아이의 속살을 만지듯 부드럽다. 긴 세월 태양 빛에, 칼바람에, 비에 깎이고 갈린 흔적이다. 검지도 희지도 않은 반질반질한 누드의 몸을 스치고 지나가는 바람 소리는 여인이 가야금 줄을 튕기는 소리로 들리는 듯하다. 이 고사목이 감정이 있다면 벌거벗은 알몸을 만지는 내 손길이 부끄러워 민망해 하려나?

구상나무가 흰 눈을 가지가 휠 정도로 한 아름씩 안고 버티고 있다. 아주 무거워 보였다. 너는 얼마만큼 무거우냐고 옆 가지에 묻고 있을 것만 같았다. 연잎은 물방울이 무거우면 잎자루의 진동으로 또르르 굴린다던데 구상나무 너도 몸을 흔들어 좀 내려놓지. 준다고 다 끌어안다니. 오늘은 폭풍 한설을 온몸으로 받아 안고 독야청청을 자랑하는 구상나무가 미련하다는 생각이 스쳐지나간다. 평생 푸르름을 풍성히 품기 위해서는 수많은 잎을 피워야 한다. 그 잎만으로도 버거운 삶인데 오늘은 흰 눈까지, 구상나무의 삶도 녹록지 않다. 이렇게 긴 천년을 살다 죽은 고사목을 바라보며 나무는 죽음이 실패가 아니고 새로운 환경에서 다시 시작하는 게 아닌가싶다. 살아있는 구상나무와 죽은 고사목, 구상나무가 삶을 다하고 고사목으로 서 있는 저 모습이 오히려 더 홀가분하지 않겠나 라는 생각을 했다.

우리네 삶과 구상나무의 삶이 별반 다를 바 없다는 마음이 든다. 누구나 살아오면서 생선 가시 같은 사람을 만나기도 한다. 그 가시가 살을 찌를 때마다 한없는 용서와 참사랑은커녕 매우 아파 미워하며 눈을 마주치기를 싫어한 적도 있었을 테고, 밤새워 운 적도 있었으리. 자신이 세운 계획이 물거품처럼 사라질 때는 인생의 끝인 것 같아 죽음의 공포를 느끼지 않았던가. 또 귀중한 사람을 실수로 놓쳐 놓고는 조금만 관심을 두고 들여다보았더라면 그가 훌쩍 떠나지 않았을 텐데 라며 후회한 적도 있었을 게다. 그렇게 원망의 씨줄과 후회의 날줄을 엮지 않은 사람이 우리 주변에 몇 사람이나 있으랴.

시간이 갈수록 함박눈으로 변했다. 바람도 없다. 오늘 같은 이런 날은 덕유산 여기저기에 크기도 모양도 다른 죽어 천 년을 산다는 고사목에, 살아 천년을 파란 빛깔만 고집하는 구상나무에 섬세한 신의 솜씨로 깃털 같은 하얀 솜옷을 입혀줄 것만 같다.

2. 솔 정자

소나무는 살아있음을 이렇게 보여준다.
멋스러운 가지가 봄이면 뾰쪽한 잎눈을 틔워 키우고,
노란 송홧가루를 소복이 쌓아 놓는다.

사랑! 주는 것보다 배로 받는다.

값없이 받은 사랑을 돌려주지 않으면 미완성에서 그치고 만다.

솔 정자

가을이 고운 빛깔을 듬뿍 가지고 와 물들여 준대도 사양하는 소나무가 내 고향 뒷산에 삼각형 거리를 두고 세 그루나 있다. 적당히 휘고 구부려 예사롭지 않은 맵시가 초야에 묻혀 있기에는 아까울 만큼 빼어났다. 소나무의 매력은 개성 있게 휜 가지도 한몫을 하지만, 갑옷처럼 생긴 검붉은 두툼한 껍질이다. 볼수록 매력이 넘치는 소나무와 인연을 맺게 된 연유는 문중의 산을 매각한다는 소문을 듣고서였다. 자기의 성장을 지켜봐준 햇살이 머물다 가는 고즈넉한 작은 동산을 소유하는 게 꿈이었다며 남편이 샀다.

평소 거룩한 모습만 보이던 남편은 동산만 오면 소년으로 돌변해 고삐 풀린 망아지처럼 뛰어다녔다. 정말 갖고 싶었던 보물이었나 보다. 그 모습이 좋아 따라다니며 우리만의 공원으로 가꾸기 시작했다. '굽은 소나무가 선산을 지킨다.'는 속담에 걸맞게 오대조 양주분의 쌍분을 독야청청 수호신처럼 굽어보고 있다. 이 어른은 고을에 명성이 알려진 학자이며 풍류까지 즐기는 선비셨단다. 후손인 우리는 풀포기까지 애정을 갖고 보듬었다. 세 그루 그늘은 폭이 넓어 찾아오는 이마다 품는다. 그리하여 소나무를 정자처럼 여기며 가꿨다. 주변을 정돈 하니 자태가 정자로 쓰임 받기에 흠잡을 데가 없다.

옹기 독을 가져다 숲에 비스듬히 묻고는 연장을 독에 보관했다. 뚜껑을 열면 간단한 식사를 할 수 있는 하루의 살림살이가 다 있다. 교회를 재건축할 때 버려진 큼직한 현관유리문을 가져왔고, 그늘에 치여 죽어가는 나무를 베어서 둥근 토막 네 개를 받침으로 삼고 유리를 올려놓았다. 멋진 탁자로는 손색이 없는데 맨땅이 보여 아름답지 않다. 널려 있는 솔방울을 주어와 탁자 밑 땅을 숨겼다. 운치 있고 기품 있어 보인다. 나머지 여러 개의 둥근 토막을 여기저기 놓으니 아담하고 정갈하다. 푸른 소나무 아래 유리 탁자와 통나무의자가 환상의 하모니를 이룬다. 흠이 있다면 비가 온 뒤에는 의자가 젖어 앉을 수가 없다. 이동이 간편한 의자를 가져다 탁자와 거리를 두고 멀찍이 정자 아래 놓았다. 그늘을 따라 다니며 긴 시간 쉬기에 너무나 편하다. 간간이 지인들을 불러 고기 파티를 했다. 오는 이마다 소나무의 우아한 자태와 진한 솔향기의 매력에 푹 빠진다. 그럴 것이 우리도 구겨지고 멍든 마음을 안고 와서 앉아 있으면 온화해지고 용기는 물론이고 머리가 맑아지는 경험을 하고 가지 않던가.

세월이 흘러 아버님이 이순을 넘기시고, 어머님도 산수를 넘자 생의 마침표를 찍어 이곳에 두 분을 합장했다.

오늘은 아침 공기가 매우 차다. 정오가 되니 고운 햇살이 맑고 따뜻해 정자를 찾아갔다. 간밤에 서리가 왔는지 나뭇잎이 수북이 떨어졌다. 가는 가을을 배웅하러 온 기분이 들어 무거운 걸음으로 쉼터를 향해 오르는데 아쉬워하는 마음을 위로하듯 나뭇잎이 발을 부드럽게 감싸 안는다. 유리 탁자에도 붉은 솔잎이 멋스럽게 깔렸다. 평소 솔잎은 단풍잎이라 한 번도 인정하지 않았는데, 오늘은 단풍잎으로 보인다. 소나무를 좋아하니 솔잎까지 예쁘게 보이는가 싶어 이리 보고 저리 보아도 여전히 단풍으로 보인다. 간밤에 떨어져 밑동이 뽀얀 촉촉한 솔잎 하나를 주워 코끝에 대고 숨을 크게 들이마셨다. 향이 강해 취할 것만 같다.

　소나무는 살아있음을 이렇게 보여준다. 멋스러운 가지가 봄이면 뾰쪽한 잎눈을 틔워 키우고, 노란 송홧가루를 탁자 위에 소복이 쌓아 놓는다. 예쁜 몸짓이다. 샛노란 꽃가루를 볼 때면 어머님이 새하얀 앞치마를 두르고 단아한 자태로 송홧가루를 가득 품은 꽃술을 따 바구니에 담던 옛 모습을 보여준다. 세 살 위 오빠가 매미처럼 매달려 송기를 벗겨 주면 제비처럼 입을 벌려 받아 물고 단물이 없어져도 껌처럼 씹고 다니던 모습을 보게도 했다. 가을이면 모든 잎이 자기만의 고운 쪽빛으로 갈아입고 바람결에 하늘거려도 점잖게 본연의 파란색으로 받쳐주지 않던가. '한겨울에도 솔잎 하나 잃지 않으려고 고군분투하는 소나무야, 나는 너를 위해 해주는 건 햇살과 바람이 잘 넘나들 수 있도록 주변 잡목을 베어주는 게 전부다. 내가 베푸는 것에 비하면 받는 게 너무나 많구나.'

　강산이 변할수록 가슴 벅찬 전율의 흐름은 더 강렬해 애지중지 보듬으며 살았다. 이런 우리의 관계를 시샘하듯 수자원공사에서 산과 밭을 가로질러 수로를 묻었다. 공교롭게도 정자로 여기는 소나무와 우리는 생이별을 했다. 작업하는 그들이 보기에도 예사롭지 않은 물건임을 알고는 보상금을 주고 작업이 들어가기 전 상하지 않게 어디론가 옮겨갔다. 올 때마다 정자가 그리워 가슴에 찬바람이 횡 지나감은 막을 수가 없다. 하지만 어쩌랴. 또다시 어린 소나무를 택해 멋스러운 몸매로 아름드리 될 때까지 기다릴밖에.

석류알

예쁘게 포장된 과일바구니가 우리 집에 배달되었다. 입술이 뾰족한 둥근 석류 하나가 중앙에 요염하게 앉아 있다. 붉게 잘 여물었다. 석류는 예로부터 다산의 상징으로 여겨 왔고 여성호르몬 성분이 대량 함유되어 있어 귀한 과일로 대접받아 왔다. 갱년기 여성에게는 이보다 더 좋은 과일이 없다 하여 과일의 여왕이라고도 한다.

칼로 반을 잘랐다. 사랑의 콩깍지가 낀 신랑이 너울 속 신부의 뺨을 석류 한쪽 같다고 표현한 말을 인정 하고 싶을 정도로 청순한 붉은빛이 맑고 곱다. 나는 그이가 먹기 좋게 한 알 한 알 따 하얀 사기 접시에 담았다. 선명한 결정체에 윤기가 자르르 흐른다. 보석을 닮았다. 먹기가 아까울 정도로 어여쁘다.

강산이 두 번 하고도 더 변했건만, 짙은 볕살을 곱게 두른 석류를 보면 알알이 박힌 추억이 나를 그 옛날 장소로 데리고 간다.

이스라엘 여행 중 노상 좌판에서 잘 익은 주먹보다도 더 큰 탐스러운 석류를 샀다. 칼도 없이 껍질을 벗겨 허겁지겁 알맹이를 입에 넣고 굴리다 톡 터뜨리면 상큼하면서도 깔끔한 단맛과 신맛이 입안에 한가득 고였다. 따가운 햇볕에 지친 늦은 오후 갈증이 난지라 그 오묘한 맛이 피로를 싹 가시게 해 주었다. 지금도 잊혀지지 않는다. 이제껏 내가 보아온 석류는 몸피도 작을뿐더러 잘 익었다 해도 너무나 시어서 먹을 수가 없어 바구니에 담아 거실 공기청량제로 사용했었다.

줄지어 박힌 알을 따면 또 다른 알을 엷은 막이 감싸고 있다. 그 막에는 자국이 또렷하게 박혔다. 둥근 원안에 빈 곳이 생길 법한 곳에는 두툼한 지지대를 박아 알의 문양을 보호하고 있다. 어쩜 이렇게도 섬세하고 견고하게 한 치의 일그러짐 없이 똑같은 문양을 만들다니. 꿀벌이 벌통에 정교하게 지은 육각형 벌집을 연상케 한다. 꿀벌은 자기 몸에서 밀랍을 배출해 육각형 집을 견고하게 빈 틈새 없이 차곡차곡 겹치지 않게 몇천 개의 방을 정교하게 짓는다. 기묘한 벌의 솜씨에 다 놀라지 않았던가. 석류 알의 문양도 육각형 벌집 못지않은 신비로움에 놀라지 않을 수 없다.

신기한 것이 어디 이뿐인가. 수억 년을 땅속에 묻혀 하나의 결정체를 승화시킨 붉은 돌, 다닥다닥 붙어 있는 것이 마치 잘 여문 석류 알을 닮았다 하여 석류석이라 부른다. 이 석류석에는 사랑, 성공, 명예란 길조의 말뜻이 담겨 있다. 그래서 왕관 제작에도 많이 쓰였다고도 한다. '아론'의 갑옷 흉패에 열두 가지 보석 중 첫 번째 줄에 석류석 알이 장식되었다고 성경에는 기록되었다. 수수만년 자연에 묻혀 신비로운 석류석으로 변한 돌을 인천 학생과학관에서 보았다. 투박한 자줏빛이었다. 그 옆에는 가공한 작은 보석 알이 맑고 고운 빛을 반사하고 있었다. 가장 지혜로운 것 같으면서도 가장 어리석은 것이 사람의 마음인 것 같다. 현재도 그런 전설을 믿기에 석류석의 몸값이 높을뿐더러 언약식에는 빠뜨리지 않고 보석을 예물로 주고받지 않던가. 나도 작은 알이 꽃처럼 박힌 반지를 시동생으로부터 선물 받아 소중하게 보관하고 있다. 그렇다면 나의 삶을 반추해보자.

성공! 내 일을 가져본 적이 없으니 성공이란 꿈을 꾸어본 적이 없다.

명예! 더더욱 거리가 멀다. 하지만 한 남자의 아내로, 사 남매의 엄마로는 소신껏 살았다고 자부할 수 있다. 그들은 내가 있으므로 살 용기를 얻는다 했고, 나 또한 그들이 있으므로 살아야 할 이유였다. 그러고 보니 사 남매가 낳은 손주가 아홉 명이니 다산의 복은 받은 셈인가.

사랑! 주는 것보다 배로 받는다. 값없이 받은 사랑을 돌려주지 않으면 미완성에서 그치고 만다. 지금부터라도 웃음 반 울음 반의 인생을 완성을 향해 달려가고 싶다. 투박한 석류석이 아름다운 보석으로 변하기까지는 자기 살을 내놓았기에 갈리고 깎여 빛을 반사했으리. 그렇다면 나도 받은 사랑을 부지런히 이웃과 공유해야 하지 않겠나. 그렇게 예정된 삶을 다할 때까지 변하고 변하면 누구라도 함께 머물러 있음을 싫어하지 않을 것 같다는 마음이 든다.

보기 좋은 떡이 먹기도 좋단 말이 있듯이, 과일이든 음식이든 눈으로 먼저 맛을 보고 난 뒤에 혀로 맛을 음미한다. 오늘 내게 온 바구니 안에 있는 배, 감, 사과, 바나나, 멜론, 파인애플 이 모든 과일은 모양과 크기와 맛과 향이 다 다르다. 씹는 식감도 다르다. 그 많은 과일

중에서 제일 으뜸인 과일을 뽑으라면 당연히 노상에서 허겁지겁 먹던, 혀끝을 진하게 유혹했던, 내 마음을 훔쳐간 석류의 맛을 택할 것이다.

사람의 맛은 입에서 나오는 말이 곧 그 사람의 맛이다. 그렇다면 석류를 좋아하는 나의 맛은 무슨 맛을 품고 있으려나.

고주박

산행을 하다 잠시 숨을 고르려고 앉았다. 겉보기에 단단한 그루터기가 눈에 뜨인다. 햇살에 그슬린 검은 나이테가 선명해 가까이 가들여다보니 이미 한쪽이 썩어 그물처럼 구멍이 숭숭 나 있다. 손을 넣어 속살을 한주먹 집어 들었다. 잘게 부서진 가루는 상쾌한 나무의 향기가 죽고 없다. 그렇다고 흙 내음이 있는 것도 아니다. 수명을 다한 이 그루터기는 다른 생명의 자양분으로 내려놓는 중이다. 멀리서 보았을 때는 평화롭게만 보였는데 가까이서 보니 이 산자락에도 삶과 죽음이 공존하고 있다는 걸 알게 한다. 이것이 자연의 순리이지만, 함께 하던 많은 생물보다 먼저 가는 모습에 마음이 뭉클해진다.

세월이 흐르면 이 그루터기는 속살이 천천히 흙으로 변할테고 잘 썩지 않은 결과 옹이는 고주박으로 변할 게다. 옹이가 단단한 원리는 성장하는 동안 고통이 동반한 때문이고 옹이가 만들어지는 과정은 성장 호르몬이 한자리에 오래도록 맴돌다 멈춘 흔적이리. 그러니 얼마나 아팠겠나. 계절 따라 빨리 성장하고 느리게 성장한 나이테가 결이다. 아픔을 겪고 생긴 옹이와 더디게 자란 결이 없으면 재목으로 쓰임 받지 못한다. 고난을 겪은만큼 사람의 뼈처럼 단단해 잘 썩지 않는다.

오래전 지인의 짐을 창고에 보관해준 적이 있었다. 살림을 가져간 뒤 텅 빈 창고에 들어서니 고주박 하나가 홀로 남아 나를 기다리고 있었다. 무엇을 닮았다고 말할 수는 없지만, 옹이를 중심으로 결이 예쁘게 원을 그리며 퍼졌다. 수많은 비바람을 묵묵히 품어 이겨내느라 만들어진 온갖 흉터를 아름다움으로 승화시켜 그려낸 굴곡의 너비와 깊이가 곡선미로 만들어졌다. 볼수록 선이 또렷해 버리기에는 아까운 물건이다. 우리네 인생사에도 수많은 아픔이 엮여 쌓이면 인체에 결기가 옹어리로 남아 옹이같이 단단한 이물질이 만들어진단다. 인생의 옹어리가 같으니, 나무의 삶과 우리네 삶과 무엇이 다른가.

젊은 남자가 집 근처 공터에 크고 작은 나무뿌리만 부려다놓고 다양한 목공예 품을 만든다. 별스러운 모양이 나올 것 같지 않은데도 며칠만 다듬고 색칠하면 보는 이의 호기심을 일게 하는 공예품으로 탈바꿈한다. 이 과정을 지켜보는데 주인에게 버림받아 내 가슴을 짠하게 했던 고주박이 생각났다. '그래, 새 주인을 만들어주자.' 마음먹고 컴컴한 창고로 가서 집어 들었다. 거두어 준 게 고마워서인지 몇 년이 흘렀는데도 좀이나 곰팡이에게 제 살 한 점 빼앗기지 않고 잘 붙들고 있다. 고주박의 견고한 모습이 고마울뿐더러 감탄사도 나온다. 우리 인간사에 이런 설이 있다. '초년고생은 사서도 한다.' 아마도 어렵고 힘든 환경을 잘 버티어준 이에게 주는 칭찬의 말이 아닌가란 생각이 스쳐 가는 순간 나를 들여다보게 한다.

내가 중심이 되어 가꾸어온 날들 속에도 아픔의 상처는 얼마든지 있다. 그 흉터를 기품 있는 자태로 만들려고 덕에 지식을, 지식에 절제를, 절제에 인내를, 인내에 경건을, 경건에 형제 우애를, 형제 우애에 사랑을 더하는 성품을 품으려고 무던히도 노력하지 않았나 싶다. 그리고 지금 나의 그루터기는 다른 생명을 위해 얼마만큼의 자양분이 준비되어 있으려나. 자연의 순리로 만들어진 나의 나이테를 사유의 뜰에서 바라보니 쉼을 얻고 싶어 하는 이들에게 쉼터가 되어주지 못한 것 같아서 조용히 옷깃이 여며진다.

며칠 전 필요할 것 같아 거저 준다며 건네준 고주박이 한 마리의 새가 되어 다시 돌아왔다. 높은 하늘에 떠 있는 해를 연민하는 모습이다. 붉은색과 검은색을 섞어 옅게 진하게 약간의 변화를 주었을 뿐인데 생동감 넘치는 새로 멋지게 변신했다. 섬세하고 여유로운 자태가 의연하다. 파란 창공을 훨훨 나르고 싶은 학이 날개를 접고 있는 모습을 닮았다. 생각을 손끝에 모아 상상할 수 없는 무한신력을 발휘했음을 실감하게 한다. 가장 마음을 끄는 부분은 뾰쪽한 부리를 벌리고 하늘을 바라보는 듯한 모습이다. 이 새의 모양이 만들어지기까지는 고주박의 삶이다. 단순하게 곱고 예쁘다고만 말할 수 없는 것 같다.

바라보고 있노라니 나무는 죽어도 또 다른 환경에서 새로운 삶을 시작한다는 아스라한 기분에 빠져들게 한다. 고주박의 옛 주인도 산기슭에서 처음 보는 순간 이런 모습이 보였기에 거두었으리. 살림을 줄여야 할 형편에 사치라 여겼기에 애석하게도 망설임 없이 벌일 수 있었던 마음이 보인다. 지금까지 그녀와 이웃하고 살았다면 멋스럽게 단장하고 돌아온 이 작품을 돌려주고 싶다.

나그네

이 땅에 사는 우리는 다 나그네이다. 그럼에도 포근한 안식처인 집은 누구나 있다. 그런 내 집을 뒤로하고 하룻밤을 투숙할 일정으로 조그마한 배낭을 꾸려 메고 아침 일찍 나그네를 자처해 집을 나섰다. 목적지는 증평군 증평읍 율리 좌구산 자연 휴양림이다.

여름 산의 연초록 빛깔만으로도 지친 가슴이 탁 트인다. 주위 풍경에 마음을 뺏겨 걷다 보니 꼬불꼬불 가파른 고갯길도 길 가장자리에 무성하게 자란 풀들도 나를 격려하는 듯 보인다. 내가 투숙할 펜션 이름이 매우 아름답다. 별자리 마을, 야생화 마을. 이 나그네가 하룻밤 머물다 갈 숙소는 야생화 마을 동심초 집이다. 동심초 꽃말은 '온순'이라 하지만 동심초라는 꽃이나 식물은 없다고 한다. 많은 야생화 꽃 중에 하필 사전에도 없는 동심초란 이름을 짓다니 조금은 아쉽다. 마을 입구에 고객의 소리 함이란 예쁜 우체통이 눈에 들어온다. 호기심에 문을 열어보았다. '한 가족이 오니 식구가 많아 잔이 부족합니다. 플라스틱 잔이라도 좋으니 준비해 주셨으면 좋겠습니다.'라는 글귀가 엽서에 적혀 있었다. 없다고 주인을 불평할 게 아니라 기분 좋게 건의하는 지성인의 면모를 갖춘 문화에 기분이 한결 좋았다.

펜션마다 마당에는 숯불로 고기를 구울 수 있는 도구가 하나씩 놓여 있었다. 야외 나오면 집집마다 돼지고기 삼겹살 파티를 한지 오래인 요즘 문화가 아니던가. 우리도 저녁 메뉴를 돼지고기 삼겹살로 준비해왔다.

다음 날 아침 나는 가파른 길 천문대 소나무 숲 삼림욕장 산책길에 올랐다. 바라보는 초점도, 선호 하는 취미도 같아 서로에게 부담이 없는 또 하나의 나그네와 느긋하게 비탈길을 오른다. 우리 걸음을 따라잡지 못하는 팀이 기다려달라는 신호를 저만치에서 '야호'를 회친다. 정상 울창한 소나무 숲 밑에는 실내에서나 볼 수 있는 누워서 쉬는 나무로 만든 두 개의 의자가 가지런히 놓여 있었다. 쉬고 싶어 하는 몸을 의자에 뉘니 새털같이 가볍게 느껴진다. 하늘을 바라보았다. 햇살이 우리를 보려고 빽빽한 솔잎 사이를 요리조리 피해가며 달려와 포근히 감싸안는다. 매번 등산할 때마다 느끼는 야릇한 성취감, 두 나그네는 번갈아 좋다를 외치며 서로의 마음을 공유하고 있는데 쿵 하는 소리에 대화는 절로 중단되었다. 약속이나 한 듯 우리는 소리 나는 쪽을 바라보았다. 커다란 잣송이가 떨어졌다. 소나무가 아니고 잣나무였다. 잽싸게 일어나 잣을 주워왔다. 익었나? 까보자고 돌을 주어다 잣송이를 깨뜨리려는데 잠깐 하며 말린다. 가져가 효소를 만들잔다. 하나를 가지고 어떻게 효소를 만드느냐고 만류해도 기다리면 또 떨어진다며 기다리잔다. 한참을 누워 기다려도 쿵 소리는 들리질 않는다.

"그러면 그렇지 청솔모 너였구나. 네가 먹으려고 딴것을 우리가 주웠구나. 따기는 네가 땄어도 우리가 먼저 주웠으니 이것은 우리 것이야. 그런데 하나만 더 따주면 좋겠는데 부탁한다."라고 사람에게 부탁하듯 정중히 말을 해도 노려만 보고 아무런 반응을 주지 않는다. 아마 청솔모도 우리와 같은 생각을 하고 있지 않겠나 싶다. '놓고 가십시오. 그것은 내 것입니다.'라고 노려보고 있는 청솔모와의 신경전을 언제까지 계속할 수 없어 의자에서 일어나 솔밭을 거닐었다. 막 피어난 연한 새순이 여기저기 늘비하게 널브러져 있다.

"얘들아 이렇게 마구잡이로 새순을 자르면 안 되지." 호통을 쳤다. 청솔모도 자신의 행동이 너무 심했다는 생각이 들었는지 꼬리를 내리고 달아난다. 소나무는 성장이 더디다. 한파를 겪고 잎눈을 띄워 마디게 자라는 성장 기간을 지켜본 네가 마구잡이로 잘라놓다니 자연을 훼손하는 청솔모가 너무나 얄밉다. 더불어 사는 세상인데 짐승이나 인간이나 자기만의 욕구를 채우려고 상대를 짓밟는 행위는 곱게 봐줄 수가 없다. 고개가 잘린 꽃송이를 줍듯 하나하나 주워들었다. 버리고 돌아오기가 애석해 망설이고 있는데 나와 동행한 나그네가 잣송이와 함께 효소를 담그자고 권한다. 빈손으로 왔으니 빈손으로 살다가 빈손으로 가는 게 나그네의 인생이거늘 어쩌자고 이 두 여행자는 배낭에 한 가지 더 넣어가자 하나. 하루 세끼의 양식, 한 벌의 옷, 한 켤레의 신발이면 넉넉하다고 입버릇처럼 말하면서 또 내일을 준비하다니. 자연의 주인께서 우리를 위해 준비해 놓은 성城까지 걸어가는 이 두 나그네는 아직도 이 땅의 삶이 영원한 줄 알고 자신의 욕망으로 배낭을 채운다. 세상의 욕심 이런 모습 말고 영원히 낡아지지 아니하는 배낭을 만들 수는 없을까.

야자수

화려한 꽃 아래 보조 품 야자수가 목이 말라 죽어간다. 한 뼘도 안 되는 아주 작은 녀석이다. 기왕에 짝을 맺어주려면 물을 싫어하는 같은 계열로 맺어주지. 똑같은 식물인데 몸집이 작다는 이유로 더부살이로 살다 죽어도 좋다고 대우하다니 화훼 주인이 야속하다. 저 야자수야말로 자라면 현재 꽃을 피운 호접난 몸값보다도 더 큰 이익을 주인에게 줄 수 있는 자원이 풍부한 식물인데, 잃어가는 생명이 안타까워 집으로 가져와 빈 화분에 심고 물을 주며 "죽지만 말아다오." 말을 걸으니 야자수 어린잎이 내 생각을 업고 속울음을 울며 배앓이 했던 필리핀으로 여행을 떠나간다.

어학연수를 간 아들이 외롭다고 아내를 데려다 달라 어찌나 조르던지 돌배기와 백일을 갓 넘긴 손녀, 삼 모녀를 데리고 갔다. 3-40만 원만 있으면 한 달은 넉넉히 살 수 있다고 큰소리쳐 그렇게 믿었다. 와서 실제 눈으로 보니 거지가 따로 없다. 자식 잃은 어미처럼 뼈 마디마디가 떨어져 나가는 아픔을 속울음으로 삭이며 머무는 동안 배가 살살 아프기 시작했다. 빈털터리 아들에게 주고 갈 돈도 별로 없어 억장이 무너지는데 왜 배까지. 무능한 내가 너무 싫었다.

아들이 재래시장 구경을 가자다. 안 아픈 척 따라나섰다. 어릴 적 보아온 50년대 시골장이다. 설익은 것 같은 야자열매를 노상에 수북이 쌓놓고 투박한 칼로 껍질을 듬성듬성 삐졌고 한 곳은 하얀 속살이 보일 정도로 깎아 빨대를 꽂아 놓았다. 신기했다. 맛도 궁금하다. 한 개의 코코넛에 두 개의 대롱을 꽂고 마주 보며 노상에 서서 어머니 먼저 너 먼저라며 한 모금씩 빨아 맛을 보았다. 순하면서도 부드럽고 맑고 깨끗하다. 향기가 없는 것 같으면서도 풋풋한 향기가 느껴진다. 이 맛은 어머니가 화롯불에 끓여 주던 청국장 같은 먹을수록 구미가 당기는 맛이랄까. 아니면, 달밤에 남몰래 밤이슬을 맞으며 풀벌레 소리를 듣는 청춘 남녀의 풋풋한 사랑 이야기가 아닐까 할 정도로 청순하면서도 싱그럽다. 그날 밤도 한 개의 야자열매에 몸속 깊이 세 개의 빨대를 꽂고 며느리, 아들, 나 이렇게 둘러앉아 꼬르륵 소리가 날 때까지 빨아 마셨다. 아침에 잠에서 깨니 언제 배앓이를 했냐는 듯 씻은 듯이 나았다. 그제야 물을 갈아먹어서 난 병인 줄 알고 아들에게 이야기하였다.

　그 후 나의 배앓이 이야기가 입에서 입으로 전해져 해가 바뀌어도 잊지 않고 방문하는 필리핀 현지 교회마다 빨대 꽂은 코코넛을 안긴다. 열대지방에서 마시는 시원한 생수 목덜미로 내려가는 그 희열 마실 때마다 기분이 짜릿하다. 한 잔의 물을 품기 위해 촉촉한 하얀 속살로 막을 만들고 실 같은 줄기를 겹겹이 둘렀다. 바위 위에 떨어져도 깨지지 않는 단단한 겉껍질이 꼭 생명을 잉태한 여인의 아기집 같다는 생각이 든다.

야자수가 내 집에 온 지 10년의 세월이 흐른 것 같다. 마디게 자라는데도 훌쩍 커 화분 중에서 몸집이 제일 크다. 5년 전부터는 꽃을 피운다. 11월에 가느다란 파란 줄기가 올라오더니 그 줄기에 파란 점이 생긴다. 동그란 점이 노랗게 변한다. 한겨울 맑은 햇살로 거실 공기를 바꾸고 싶어 베란다 문을 열었다. 소녀의 향기 같은 맑고 청아한 꽃향기가 느껴진다. 향기 주인이 야자수에 달린 노란 점일 줄이야. 자세히 들여다보니 세 갈래로 갈라졌다. 쑥 꽃을 닮았다. 작은 체구에 달콤한 향기까지 품다니, 아직 대지가 꽁꽁 언 추운 겨울인데 고귀한 꽃향기라니, 가슴이 벅차 살며시 입맞춤을 해본다. 해마다 꽃대의 수를 점점 늘려 풍성한 잎을 볼 수 있음에 만족한데 꽃까지 선물해준다. 그 옛날 죽어가는 작은 생명을 거두었더니 자신을 살려준 주인에게 고마움을 보답하고 싶었나 보다. 나는 사계절 푸른 잎으로 공기를 정화해줌으로 만족한데 꽃에 향가까지. 효심 같다는 생각에 고마워 양팔을 벌려 안으려 해도 안기질 않는다.

어찌 가꾸어야 더 튼실한 나무를 볼 수 있나 하여 인터넷을 열었다. 열대지방에서 자라는 야자수 종류가 5,000여 종이란다. 토양에 따라 자라는 종자도 다르다. 그리고 야자수는 암꽃과 수꽃이 한 개체에 달려 꽃가루가 바람과 곤충을 통해 수분한다 했다. 우리 집 화초 중에서 몸집이 제일 큰 나무로 가꾸었으면 만족하지. 부질없이 열매까지 생각하는 자신에게 놀라고 있다. 첫해는 꽃인 줄도 알지 못했으면서 짐작하건대 아무리 성심껏 키워도 필리핀에서 마신 생수를 품은 코코넛은 맺지 않을 것이다. 다행히 잘 자라 열매를 맺는다면 작

은 꽃을 보아 이스라엘에서 자란다는 곶감 맛으로 기억되는대추야
자 열매를 맺지 않을까 싶다. 올해도 꽃대가 올라오더니 가느다란 줄
기에서 파란 점이 커간다. 머지않아 꽃잎을 열고 향기를 뿜어 거실을
가득히 채워줄 것을 생각하니 야자수가 무탈하게 자라도록 관리해야
겠다.

　죽어도 아쉬울 것 없다는 보조 품 신세였던 야자수는 내 집에 와
잘 자라 풍성한 몸집으로 성장한다. 그 시절 필리핀 연수생 이었던
나의 아들역시 남의 나라에서 거지나 진배없던 삶 참으로 초라했었
지. 현재는 두 생명 다 나에게 큰 기쁨이다.

삶이란

신비의 섬 간월도를 가기위해 물때를 맞추어 왔다. 자연법칙에 따라 하루에 두 번씩 모세의 홍해길이 열린다. 이 섬은 파란 바닷물이 바위를 품으면, 타원형의 작은 바위가 물위에 떠 있음이 한 척의 배처럼 보인다 하여 신비의 섬이라 한다. 실제 와서 보니 정말 밀물이 자분자분 들어와 길을 삼키면, 물 위에 떠 있는 한 척의 배처럼 보였을 것만 같다. 현재는 한 채의 암자가 바위 위에 앉아 있어 배처럼 보이지 않는다. 아쉬움을 뒤로하고 모세처럼 바닷길로 접어들었다. 많은 이가 오고 가 어릴 적에 걷던 내 고향 신작로 길을 닮았다.

곱게 길들여진 열린 바닷길을 걸어 암자를 돌아 다시 바닷가로 접어든다. 바위에 흉터처럼 붙어 있는 바싹 마른 고동을 따는 이가 있다. 호기심에 나도 따라 땄다. 어찌나 바위를 단단히 붙들고 있던지 손에 힘을 주어야 떨어진다. 떨어지는 순간 물을 잔뜩 머금어 물이 탁 튄다. 다른 녀석도 그러한가 하여 연이어 떼어보지만 동일하게 물을 뿜어낸다. 살아있음을 이렇게 보여준다. 물 빠짐을 좋아라했건만, 저 고동들은 물이 들어오기만을 애타게 기다리는 마음이 그려진다.

바닷길을 지나 반대쪽 까만 자갈이 많은 곳으로 발길을 향했다. 작은 돌을 주우려고 손을 내밀다 멈추었다. 줄무늬 기다란 자갈이 꼬물 꼬물 움직인다. 자세히 보니 고동이다. 고동이 습기를 찾아 자갈을 헤집고 들어가는 중이다. 앞서 본 동그란 고동은 뗄 때마다 물이 튀는 이유가 살기 위해 물을 저축하고 있다는 것을 그제야 이해했다. 바위에 붙어사는 고동과 자갈밭에서 사는 고동은 환경에 따라 생긴 몸집도 살아가는 방식도 다르다. 지느러미가 있는 어류는 몸이 날렵해 물길을 따라갔다가 다시 돌아오지만, 발자국이 작아 물을 따라갈 수 없어 바위에 몸을 은신해 물을 저축하려고 바위에 붙어있다니. 어쩜 그 조그만 머릿속에 이렇게 하면 살 수 있겠다는 방식을 터득했나. 신기하다고 하기 보다는 지혜가 대견하다.

오래전 여름이었다. 아침 일찍 남해 바닷가를 산책하고 있는데 물 빠진 갯벌에서 진흙을 가르고 바동바동 배밀이로 가서 두 녀석 세 녀석이 한대 입을 맞대고 뭉쳐있는 고동을 보았었다. 내가 살던 고향 냇가 올갱이도 입을 맞대고 뽀뽀하듯 붙어 있는 모습을 종종 보아온 터라 짝짓기 하는구나. 하면서도 의아하게 생각하기를 세 놈이 짝짓기를 하다니. 의구심이 들었었다. 이따금 홀로 있는 녀석은 몸이 반쯤 갯벌에 묻혀 있었다. 물이 마른 갯벌의 그런 행동이 지금까지 아이러니했는데 이 두 고동을 보니 그 모습이 삶이었음을 알았다. 자연에 순응하며 살아가는 고동의 몸부림을 보고는 썰물 때를 기뻐해야 하나 슬퍼해야 하나. 물색없이 좋아라 했던 마음이 무색해진다.

천기를 분별하는 인간도 때론 어느 구름 속에 비가 들어있는지 모르고 사는 게 삶이다. 그래서 인생을 웃음 반 울음 반이라 하지 않든

가. 그리고 인생을 즐기려면 폭풍이 지나가기를 기다리기 보다는 폭풍 속에서도 춤추는 것을 배우는 것이라 알고 있다. 내 삶을 반추해 봐도 그러했다. 사업하는 성도가 은행에서 대출을 받아야 하는데 담보가 필요하다며 조석으로 찾아와 보증을 서달라고 졸랐다. 외면할 수 없는 관계라 남편은 도장을 찍어주었다.

삼 년이 못되어 부도가 났다. 은행부채를 갚느라 몇 년을 어찌나 허리끈을 졸라 맸든지. 남편은 하던 공부를 접어야 했고, 사 남매에게는 남의 옷을 얻어다 입혔고, 잘 먹여야 할 시기에 학교에서 나오는 빵과 우유 값을 대지 못해 먹이지 못했다. 고생은 고생대로 사람은 사람대로 잃었다. 두 번 다시 떠올리고 싶지 않은 초라한 삶이었다.

저 고동도 현재는 품은 물을 놓치지 않기 위해 태양에 달구어진 뜨거운 바위를 죽을힘을 다해 붙들고 있느라 숨이 꼴까닥 넘어갈 지경이겠지. 그러나 얼마간의 힘든 시간을 잘 버티면 곧 밀물이 저편에서 어머니의 발걸음으로 잘바닥잘바닥 다가와 품는다. 나도 그 당시는 오늘 같은 좋은 날이 오리라 생각지 못했다. 하지만 오늘의 나는 아픔으로 지층이 되었던 속마음을 아무 일도 없었다는 듯 웃으며 보여주는 춘삼월 같은 시간이 온다는 걸 이제는 나도 저 고동도 안다.

지구가 건제하는 동안에는 심음과 거둠과 추위와 더위와 낮과 밤이 있듯이 삶이란 때론 무게가 너무나 무거워 포기하고 싶을 정도의 절망감에 휩싸이기도 하지만, 힘들다고 포기해도 될 만큼 무가치한 삶은 더더욱 아니다. 고난이란 지고 갈 수 없을 만큼 무거운 짐도 아니다. 마음만 다잡으면 눈물 뒤에 있는 웃음도 보이고 마음에 평화도 보이게 마련이다. 성경에 '하나님은 감당할 시험 밖에는 너희에게 주신 일이 없나니, 시험당할 즈음에 또한 피할 길을 내사 너희로 능히 감당하게 하시느니라.' 기록되었다. 한 번밖에 없는 삶이기에 가보지도 않고 포기해서도 안 된다.

전능자가 계획한 삶을 다하는 날까지 전능자의 간섭을 받으며 힘들면 쉬기도 하면서 욕심내지 말고 삶의 방식을 터득해 남은 날을 묵묵히 살아가는 게 삶이 아닌가 싶다.

낙숫물

    통영으로 문학기행을 가는 날이다. 아침부터 비릿한 바다 향기가 넘실거리는 바다로 마음이 향한다. 오후가 되자 잿빛 하늘이 점점 땅으로 내려앉는 듯 보이더니 급기야 추적추적 비가 내린다. 우산을 들고 집합장소에 나갔다. 비가 와 더 멋진 여행이 될 거라며 가뿐한 마음으로 출발했다. 바람도 우리의 마음을 알았는지 구름을 업어와 짙은 초록 산에다 멋진 그림을 그리며 함께 여행을 즐긴다.

    동피랑 벽화 마을에 들어서니 내가 나고 자란 옛 마을에 온 것 같다. 어쩜, 우리 집도 이곳에 있으려나 할 정도로 그리움에 가슴이 촉촉해진다. 금방이라도 소꿉친구가 뛰어나올 것 같아 싸리문 앞에서 "은혜야 놀자."라고 내 이름을 불렀다. 흥분된 가슴을 억지로 누르며 우산을 펴들고 벽화 속 그림과 친구가 되어 좁은 비탈길 이 골목 저 골목 다 기웃거리는데 싸리문을 열고 들어가 보고 싶은 충동이 인다.

    고개를 숙여야 들어갈 수 있는 작은 문 앞에 와서는 생각이 멈춘다. 그리곤 동화 속 일곱 난쟁이가 살던 마을에 와 있다는 착각을 하게 한다. 이렇게 과거와 현재를 오가는 동안 동포루에 닿았다. 구름이 태양과 바다의 눈 맞춤만 막지 않았더라면, 생각을 꾹 누르고 있는데

"이 시간대를 택함은 아름다운 석양을 보여주고 싶어서였는데"라며 사진작가인 회장이 아쉬워 한다.

바닷가 펜션의 아침, 귀에 익은 빗소리에 잠이 깼다. 밤새 쉬지 않고 내렸나 보다. 세 여인이 우산을 받쳐 들고 안개가 자욱한 빗속을 걷다 고즈넉한 조그마한 산사로 향한다. 두 여인이 암자로 들어갔다. 나는 홀로 남아 처마 끝에 매달렸다 떨어지는 낙숫물을 바라보았다.

처마 밑에 쪼그리고 앉았다. 점점 커지는 물방울이 수정처럼 예쁘다. 맑은 물방울 속에 푸른 산이 들어 있고, 하늘이 들어 있고, 나도 있다. 작은 우주가 들어 있다. 손을 내밀어 한 방울 한 방울 떨어지는 수정을 받는다. 깨어져 작고 예쁜 은가루가 되어 날아간다. 또 다른 곳은 지붕 위에서 모인 물이 고드름처럼 길게 흘러내린다.

비가 올적마다 이곳에 낙숫물이 떨어졌는지 단단한 시멘트가 패여 작은 웅덩이가 되었다. 크고 작은 물방울이 호수처럼 생긴 웅덩이에 떨어질 때마다 딩동댕 소리를 만든다. 고요한 산사의 풍경소리를 대신한다. 그리고 물방울이 호수에 떨어질 때마다 시멘트 속의 고운 모래는 제자리를 벗어나 요리조리 튕겨져 뒹굴다 제자리로 와 앉는다. 모래알이 힘겨워 보인다. 우리 인간도 저 모래알처럼 넘어졌다가도 실패했다가도 다시 일어나 제자리로 와 완성을 향해 힘겨운 삶을 살지 않던가.

나는 어렸을 때 먼 장터 간 어머니를 이렇게 처마 밑에 혼자 쪼그리고 앉아 울면서 기다린 적이 있었다. 마른하늘에서 번개와 천둥이 치더니 갑자기 소나기가 어찌나 세차게 쏟아지던지 우산이 없어 어머니가 집에 못 오실까봐 울다 지금처럼 낙숫물과 친구가 되어 노느라 어머니를 잊고 있었다. 비가 뚝 그치자 낙숫물이 점점 줄더니 한 방울 한 방울 떨어진다. 어찌나 아쉽던지 물방울이 어디에 달려있나 처마를 바라보고 있는데

"잘 놀고 있네. 왜 마루에 걸터앉지 않고, 엄마는 네가 놀랄까 봐 걱정했지."라며 꼭 안아 주셨다. 그 때 그 꼬마가 어머니 나이가 되어 문인들과 통영에 와서 산사의 처마 밑에 또 홀로 앉아 물방울과 친구가 되었다. 그 옛날 엄마는 딸을, 꼬마는 엄마를 염려하던 한 장면을 열어보는 순간 따뜻한 이불속으로 들어가 누운 것 같이 포근해 입 꼬리가 올라간다. 다시 보아도 가슴을 부유하게 하는 장면이다. 이렇듯 자연은 인간과 매 순간 함께하는 동반자가 되어 아름다운 추억을 만든다.

둘을 남겨두고 작은 물방울 따라 빗속을 걷는다. 낮은 곳으로 모이고 모인 빗방울은 작은 도랑을 만든다. 어린 풀잎이 물의 힘을 이겨보려고 몸을 세우지만, 곧바로 쓰러진다. 키가 큰 풀은 행사장 바람 인형처럼 물속에서 충만하게 춤을 춘다. 뿌리에서 보내주는 수분으로 살아가는 저 풀포기는 이 물줄기가 싫어 숨이 꼴깍 멎을 것만 같겠다. 하지만 어쩌랴 식물이나 인간이나 때론 로프에 몸을 맡기고 등반하는 사람처럼 아슬아슬한 순간을 겪는 것이 삶인걸. 그렇게 하루하루를 이런 모양 저런 모습을 만들며 힘겹게 살고나면 재미있어 놓치고 싶지 않은 일도 있기 마련이다.

작은 물방울이 쉼 없이 한 곳만 때려 단단한 시멘트를 파낸 것도,

물방울이 모여 도랑을 이루어 풀포기를 힘들게 하는 것도 내가 세상을 사는 동안 격어 왔던 아픔이고 고통으로 보인다. 그렇게 숱한 고비를 넘길 때마다 지존자의 뜻을 받들며 더 귀하거나 덜 귀하지 않은 것 없이 내 생명처럼 귀하게 보듬으며 살아왔다.

우리 문인들도 아는 것만큼 보이는 것을 찾아 보석 같은 흔적을 내일에 남기기 위해 마음이 먼저 왔고, 몸이 뒤따라와 빗속에 들어가 자연을 흡수한다. 나도 낙숫물의 묘기가 좋았기에 오늘을 그리고 있다.

산딸기

　햇살 가득한 산자락에 산딸기 군락지가 보인다. 맑고 고운 빛깔은 얼핏 보아도 입맛을 유혹할 만큼 옹골차게 잘 익었다. 벌써 산딸기에 마음 빼앗긴 사람은 참새가 방앗간을 기웃거리듯 길이 나 있다. 언니와 나도 넝쿨을 헤집어가며 걸으며 숲길을 따라 촘촘한 알이 둥글게 박힌 송이를 손가락으로 잡고 당긴다. 흐트러지지 않고 가지에서 쏙 빠진다. 하나하나 따서 손바닥에 비눗방울을 올려놓는 심정으로 모았다. 생김새가 꽃보다도 더 예쁘다. 맛을 보았으면 하는 마음이 나를 유혹하자 입안에 침이 고인다. 하나를 입에 넣었다. 몸피는 작지만 새콤달콤한 과즙이 신선하다.

　한 바퀴를 돌고 나왔다. 가시에 손등을 찔렸는지 따갑다. 대여섯 명이 반색하며 들어선다. 그들도 우리처럼 눈요기 맛 요기가 재미있어 이야기를 만든다. 자신을 찾아온 길손에게 어릴 적 옛 모습을 보게 해주는 산딸기가 고맙다. 사계절 하루도 거르지 않고 등산객이 수없이 대야산 용축 폭포를 가기 위해 이곳을 지난다. 요즘이 익는 철이라 눈에 확 띈다. 딸기는 익으면 빨간빛깔이 맑고 곱다. 아주 오래 전부터 이곳을 지키고 있었겠지만, 딸기가 익지 않아 녹음인줄 지나

쳤음이 분명하다. 사라지는 것 중 하나인데 오래만에 보니 반가운 마음에 정이 머문다.

오늘 만난 이 딸기나무가 작은 열매를 맺어 이만큼 키워 맛을 만들기까지 순탄한 날만 있었겠나. 혹한 한파가 와 추우면 가지가 얼어 죽을세라 뿌리는 땅속에서 적당한 영양분을 공급했을 것이고 겉피는 진액으로 쌓아주어 얼지 않게 보호했을 게다. 봄 햇살에 잎눈이 고개 들고 나와 옆 가지 눈에게 '너도 살아있었구나' 반가워 두런두런 이야기 하며 사그락사그락 자라지 않았겠나. 그리고 다 자라선 더우면 더운 대로 갈증과 벌레와 폭우와 사투해가며 꽃을 피워 햇볕을 받아 포도당을 만들어 열매에 저장했으리.

산딸기, 너는 알고 있니. 너의 삶만 험난하다 하지마라, 나도 한국 전쟁당시 피난 다니던 시절, 낯선 동래 또래친구들은 모두 학교가고 없는 빈 마을을 돌다 배가 고프고 심심하면 산기슭에가 너를 찾느라 덤불을 헤집던 시절이 있었다. 그 시절도 키가 작은 풀에 맺은 뱀 딸기는 아무도 먹지 않고 산딸기 너만 선호했지. 하지만 나는 산딸기 너를 찾다 없으면 밭둑에 즐비한 뱀 딸기를 흙을 훅훅 불어내고 먹었다. 사실 지금 말하지만 맛은 네 맛보다 더 달았단다. 아주 오래된 이야기인데도 네 가시에 찔린 것 보다 더 가슴이 아파 뼈까지 찡 우는구나. 그럼에도 산뜻하고 깔끔한 맛을 간직한 네 맛을 경이롭다하며 귀하다 하다니 왜일까? 아마도 동심을 유발하는 옛 친구를 만나 우리 자매를 울리고 웃기는 삼매경에 빨려들게 함에서인가.

옛 이야기는 그뿐만이 아니다. 미원을 지나 청천을 가기 전 장기 바위 부근 산기슭에는 곰딸기 군락지가 있었다. 넝쿨이 튼실했다. 회초리로 사용할 만큼 흰 가지가 늘어진 터널 같은 숲속으로 몸을 낮추고 기어들어가면 손과 팔 머리 옆구리를 사정없이 가시에 찔렸다. 피가 찔끔거려도 아픈 줄 모르고 까만 딸기를 골라가며 따 먹지 않았던가. 곰딸기는 익으면 까맣다. 그 옛날에는 이보다 더 큰 가시에 찔려가며 오늘처럼 이렇게 따 먹었다. 까만 곰딸기는 과즙도 단맛도 더 강했었다. 딸기나무는 생명력이 강해 척박한 땅일지라도 햇볕이 찾아와 머무는 양지바른 곳이면 잘 자란다던데 지금은 사라지고 없다. 딸기나무는 넝쿨식물이라 뿌리가 길게 옆으로 뻗고, 밑에서 싹이 돋아 커다란 군집으로 발달하며 줄기 전체에 가시가 드문드문 나는 식물인데, 그 엄청난 딸기나무가 왜 사라졌을까? 그 길을 지날 때마다 아쉬움과 의구심이 되새김질 되어 인터넷을 열었다.

요즘 재배하는 복분자가 곰딸기와 너무 닮았다. 어려서 즐겨 먹던 곰딸기가 이렇게 보호받고 자람이 반갑다. 하지만 내가 먹어본 냉동 복분자는 빛깔과 생김새는 같은데 단맛이 없었다. 냉동이라 단맛을 잃었나, 나무에 달린 잘 익은 열매를 먹어 확인하고 싶다.

어린 시절 우리는 돈으로 간식을 사 먹은 적이 없다. 봄이면 벚, 오디, 보리수 열매와 또 덜 여문 밀 보리 이삭을 불에 그슬려 손바닥에 놓고 양손으로 비벼 껍질을 입김으로 후후 불어 날려 보냈고, 먹고 나서는 서로의 얼룩진 얼굴을 보고 웃었다. 여름에는 냇가로 가서 모닥불에 감자 옥수수 구워 먹던 맛이란 어찌 말로 표현하리. 가을은 무, 가지, 목화다래, 산에선 으름, 다래, 머루 이렇게 산에서 들에서 밭에서 아이들을 불렀다. 그 중에 이 산딸기도 소중한 친구였었다. 내가 아는 딸기의 종류는 뱀딸기, 멍석딸기, 곰딸기, 산딸기가 고작인데, 들에서 자생하는 딸기의 이름이 20여 가지나 된다고 한다. 이렇게 많은 딸기나무가 하나 둘 사그라지는지 산행을 해도 만나기가 쉽지 않다.

혹시 젊은이가 이 글을 읽고 산행하다 나처럼 산딸기를 만나 기대에 부풀어 하나 따 입에 넣고 맛을 음미하다가 실망하고 소스라쳐 놀라지 않겠나 싶다. 요즘 입맛은 하우스에서 잘 익은 탐스러운 딸기 맛으로 길들여졌기 때문이다. 산딸기 생각만으로도 침이 고인다는 내 입맛도 둘을 놓고 어느 것을 먹겠느냐 물으면, 당연히 달달한 과즙이 많은 하우스 딸기다. 그럼에도 오늘 만난 산딸기가 보자기에 쌓여있던 옛이야기를 들려주어 산타는 재미를 한층 더 즐겁게 해준 날이었다.

대중탕

　쌀쌀한 날씨에 밖에서 겨울 김장을 마치고 들어와 쉬려니 얼었던 몸이 스멀스멀한다. 느지막이 목욕 바구니를 들고 대중목욕탕을 갔다. 물안개가 짙게 핀 따뜻한 탕에 누드의 몸으로 눈을 감고 큰 대★자로 누웠다. 물의 부력이 받쳐주어 물침대 같다는 느낌을 들게 한다. 이대로 잠들고 싶다. 근육과 살갗이 평화를 느낀다. 내 마음의 행복 수치는 몇 도나 되려나? 바라기는 더도 덜도 말고 이 물의 온도와 동일하면 좋겠다. 평소 참을만했던 오른팔이 목욕탕만 오면 매번 아프다고 칭얼대는데 오늘은 어저께 삐끗한 발목이 더 아파한다. 지금 내 근육과 피부는 물을 어머니의 품으로 알고 근육은 욱신욱신 쑤심으로, 피부는 폭 안김으로 응석을 부린다.

　피부가 소리 없이 찰찰 넘치는 따끈한 물을 흡수한다. 배려심 많은 어머니의 마음처럼 세상에서 제일 부드러운 존재라 여겨진다. 마음도 일상에서 받았던 초조와 불안감으로 가득 찬 스트레스까지 잠재워 주는 것 같고 얼음처럼 차가웠던 감정이 따뜻해지는 느낌이 든다. 복중 태아도 열 달 동안 물속에서 유영하며 산다던데 나처럼 편안하려나. 목욕하러 올 적마다 마음도 피부도 근육도 너무나 좋아해 자주 올 수밖에 없다. 요즘은 대중탕을 휴식공간으로 사용하는 이가 늘어 대중목욕탕에는 사우나실과 세신사(때밀이)는 기본이고 쌓인 피로를 풀기 위해 마사지며 피부 관리를 받는 사람이 늘고 있다.

나는 이슥한 밤에도 무릎과 손발에 찬기가 느껴지면, 따뜻한 물을 받아 놓고 기다리는 대중탕으로 향한다. 이 시간대는 하루를 열심히 살고 온 젊은이들이 따끈한 물에서 휴식을 취하기 가장 좋은 시간이다. 그들 중 젊은 여인이 어르신을 모시고 와 연민의 손길로 주름진 살을 성심껏 때를 밀어준다. 도란도란 주고받는 대화가 엄마와 딸이다. 나도 대중탕에서 목욕하기를 즐기는 막내와 오면 어린 자식을 얼리듯 어미에게 "팔 올려, 다리 펴" 라면 딸의 구호에 맞추어 하라는 대로 몸을 움직이며 행복에 취했었지. 아마 저 노모도 딸의 헌신적인 보호를 받으며 행복해할 테고 딸은 사랑을 듬뿍 줄 수 있는 어머니가 계심을 고마워하지 않겠나 싶다. 혼자이면서도 닮은꼴을 만나니 그 밤의 목욕은 외롭지 않았었다.

목욕탕을 찾게 하는 이유는 또 있다. 건조한 가을이 다가오는 것을 신기할 정도로 살결이 먼저 알려준다. 좀 유별난 만남이다. 피부의 까칠함이 싫어 겨울철에는 목욕탕에 와 때 타월로 벅벅 밀게 된다. 그렇게 살갗을 혹사해 목욕하고 온 다음 날부터는 살이 가렵고 조여 온다. 자연히 손이 가서 긁기 마련이다. 긁을수록 가려움은 점점 번져 온몸으로 퍼진다. 긁고 나면 아토피 피부처럼 빨간 점이 돋아난다. 보습제인 크림을 흠뻑 발라도 가려움이 진정되기까지는 시간이 필요하다.

피부과를 찾아간 적이 있었다. 의사의 말이 살이 건조해 그렇단다.

우리 피부는 5분 정도 물에 담금이 적당하다고 한다. 나에게 5분은 턱도 없다. 적어도 1시간은 담가야 건조한 각질이 불어 밀기가 쉽다. 그런데 의사는 때를 미는 것도 얼굴 살과 몸의 살이 같으니 손으로 세수하듯 하고, 목욕은 여름날 샤워 하듯 가볍게 하란다. 내 살은 때 타월로 힘을 주어 밀어도 한 번에 밀리지 않아 반복해 벅벅 밀고 또 밀어야 겨우 조금씩 밀린다. 내 상식으론 이해가 안 돼 말하기를 적당히 밀면 각질이 덜 떨어져 물기가 마르면 티석티석해 목욕 전보다 오히려 더 흉하다고 했다. 허허 웃으며 그렇게 목욕하다간 나이 들수록 말라가는 수분인지라 더 심할 것이고 정말 아토피 피부가 될 가능성이 높다라며 겁을 준다. 의사의 말을 명심해야겠다 하면서도 쉽게 받아들여지지 않아 고민하고 있는데, 어제께 목욕 중 옆 사람이 내 등을 밀어주어 나도 그녀의 등을 미는데 슬슬 밀어도 신기할 정도로 한 번에 잘 밀리는 것을 보았다. 지성피부인 그녀가 오늘따라 부럽다.

 물을 침대 삼고 누워 반달눈을 뜨고 나를 바라보니 펴지도 굽혀지지도 않은 팔이 물 위에서 안식을 누린다. 다섯 손가락도 편안한 자세다. 의자에 누울 때처럼 수건으로 가슴부터 하체까지 가릴 수만 있다면 이 자세로 마냥 쉬고 싶다 하는데 누가 들어오는지 갑자기 물보라가 몸을 흔든다. 벗은 몸을 남에게 보여주고 싶지 않아 눈을 감은 채 아쉬움을 뒤로하고 자리를 양보하고 나왔다. 뽀얀 물안개로 상대방의 얼굴이 선명하게 보이지 않음이 정말 다행이다.

 내가 나온 자리에 그녀도 눕는다. 물은 여전히 그 여인도 반겨준다. 물은 모든 물체를 다 품어 안는다. 사람은 어떤 식으로든 자기 생각을 말하지 않고는 못 배기는 근성이 있다. 인간도 이 물처럼 너른 마음으로 누군가가 넘어져 허우적거리면 일어서기를 기다려주고 품는 여유를 보여주면 얼마나 좋으려나. 그렇게 약자를 배려한다면 목석같은 심장의 소유자라도 가슴이 부드러워질 것 같고, 미워하는 마음도, 삶을 중도에서 포기하는 이웃도 줄어들 것만 같다. 물은 본인의 색깔도 없다. 이곳의 다섯 개 탕 빛깔은 다 다르다. 황금 물, 파란 물, 진녹색 물, 타일의 빛깔을 그대로 받아 품어 반사해서다. 물의 마음이 넓어서일까. 아니면 착해서일까. 라는 생각을 하고 있는데 내 마음도 이 물처럼 모난 성품의 소유자라도 다 품어 안을 수만 있다면 위에 계신 그분의 제자라 자신 있게 말할 수 있으련만, 나는 삶의 지혜를 물에서 배워야 하지 않겠나 싶다.

요즘은 의사의 말대로 목욕 습관을 이렇게 바꾸어가고 있다. 땀으로 나갈 수분을 보충하기 위해 물을 한 컵 먹고 탕에 들어온다. 목욕은 자주 오되 너무 뜨거운 물은 피한다. 내 몸의 온도와 비슷한 탕에 들어가 땀이 촉촉이 날 때까지 물속에서 놀자. 따뜻한 물에 긴장하며 사노라 잊었던 아픈 부위까지 찾아 꾹꾹 토닥토닥 마사지 받았다는 착각을 하게 할 정도로 품어주는 물로 굳은 근육의 피로를 풀어주자. 때는 살의 사촌이라 하지 않더냐. 조금은 거칠더라도 세월이 쌓일수록 말라가는 수분을 붙잡으려면 변해가는 건성 피부를 보호하기 위해 각질을 많이 밀어 살결을 혹사시키지 말자. 탕 속에 오래 머물지 못함이 아쉽지만 조금은 자제하자. 뜨거운 물로 피부의 지방을 너무 씻어내지 말자. 목욕은 짧게, 로션은 물기 마르기 전에 바르리라 곱씹으며 사색에 잠긴다.

3. 자연 치유

바람을 온몸으로 받으며
일렁이는 나뭇잎을 가까이서 본다.
자연이 준 멋진 선물은 마음에 젊음을 심어주었다.

창밖 방랑자인 겨울바람도 지금은 봄이 오리라는 걸 몰라
가슴앓이하며 틈새만 찾고 있음이 짐작된다.

겨울바람

　한겨울 칠흑 같은 밤 매서운 바람이 유리창을 툭툭 건드린다. 시각
장애인이 꽉 닫힌 문 앞에서 서성이다 나 여기 있다고 문을 흔드는
것처럼 들린다. 속절없이 기다리는 바람이 애처로워 교감을 나누려
고 유리창으로 다가가 하트를 그리고 그 안에다 춘삼월에 만나자란
단어를 써 본다. 손가락의 온기에 성애가 금새 녹아 눈물방울이 되어
흐른다. 바람이 흘리는 눈물 같다.

　지금 저 찬바람은 삼복더위가 매우 그립겠다는 마음이 든다. 춘삼
월에 만나자고 한 그녀도 여름이라면 커튼과 두 겹의 유리창을 활짝
열어젖혀 놓고 자연의 이야기를 듬뿍 안고 들어온 바람을 환영하겠
지. 그리고 거실을 지나 작은방도 큰방도 주방을 건너 뒤 베란다까
지 다 내어주고 마음껏 날아다니도록 할 텐데, 그러면 갇혀 답답해하
던 공기도 즐거워할 게 분명하다. 봄, 여름, 가을에 늘 그렇게 환영했
던 것처럼 그녀의 손길이 그리워 창가를 맴돌다 돌아가는 바람 소리
가 흐느끼는 소리로 들린다. 사계절 약속된 시간 외 더 머무르지 않
는 게 계절이건만 왜 오늘따라 겨울한철은 길게 느껴지나.

　봄을 기다리는 눈빛으로 아침 창밖을 바라본다. 바싹 마른 단풍잎

하나를 바람이 몰고 왔다. 시멘트 바닥이 생소한지 겁에 질려 납작 엎드린 채로 자꾸만 자리를 옮겨 다니며 머물 곳을 찾는다. 외로워 보인다. 저 나뭇잎도 엄동설한을 야속타 하려나? 바라보기가 민망하다. 한때는 화려한 오방색으로 갈아입은 자신을 흠모하는 눈길로 바라보는 이들 앞에서 나뭇가지에 요염하게 앉아 무게 잡던 시절도 있었으리.

그녀도 한때는 닫힌 창밖에서 흐느끼는 저 바람처럼 울던 때가 있었다. 그녀가 하는 일이면 무엇이든 곱게 보지 않고 시비를 걸어 어쩔 수 없이 내려놓아야 했었다. 할 일이 없어 낮은 낮대로 밤은 밤대로 아무도 없는 으슥한 지하에서 엉엉 소리 내 울기도 하고 소리 없이 흐느끼기도 했었다. 그녀의 초라한 모습이 애잔했던지 그녀가 은애하는 위에 계신 분께서 이렇게 말씀하신다. '언제까지 속절없이 당했다고 남만 원망하며 살테냐. 너를 연단하기 위해 그를 막대기로 사용하고 있다는 생각은 해보지 않았느냐? 또 말씀하기를 막대기는 사용하고 필요 없으면 버린다는 것도 알았으면 좋겠다.'라고, 정신이 번쩍 들었다. 이제껏 억울해 흘린 눈물을 뜨거운 눈물이라 표현한다면 자신의 무능함이 부끄러워 철판 위 팝콘 튀듯 뒹굴며 흘린 눈물은 빙수가 녹은 얼음물과 같이 차가워 가슴이 얼어 숨을 쉬지 못했다.

그 후 그녀는 황무지로 보이는 땅속에도 수많은 생명의 씨앗이 습도만 맞으면 언제고 새싹이 돋는다는 걸 깨닫고 혼자서 조심스럽게 일을 시작한다. 병들고 가난해 자신을 스스로 차단하고 사랑에 목말라하는 이의 친구가 되어 살아가는 이야기를 들어주고 같이 고민하며 먼저 속마음을 열어 보여준다. 서로가 부족한 것을 채우며 사랑을 나눈다. 한 사람의 반대가 시작되어 눈덩이처럼 부풀려져 외면하던 시선이 하나둘 돌아온다. 곱게 보지 않던 그도 화해의 손을 내민다. 미워하던 마음도, 원망하던 마음도 화해의 손을 잡고 진정한 벗으로 한길을 걸으니 향방을 찾지 못해 방황하는 이웃이 보인다. 작은 것을 나누면 큰 것이 돌아와 있고, 돕고 품는 영역이 넓어져 간다. 그녀도 그 당시는 다 빼앗긴 줄 알았고 다 잃은 줄 알고 가슴에서 싸한 바람만 불지 않았던가.

이런 환경을 겪고서야 실패의 아픔이 때론 삶의 자양분이 된다는 것도, 누구도 원망할 대상은 없다는 것도 모든 만물은 취할 때가 있으면 버릴 때도 있다는 진리가 자연이 주는 삶의 순리임도 깨달을 수 있었다. 태아가 엄마 복중에서 나올 때 자기가 살아갈 세상이 어떤 곳인 줄 모른채 태어나 방긋이 웃음 짓듯 그렇게 삶이 시작 된다. 장성하여 태산을 옮길 만큼의 젊은 패기와 열정으로 인생을 시작하면 원하든 원하지 않든 숱한 착오로 아픔을 겪는다. 식물도 새순을 돋우면 떡잎이 만들어지듯 성장은 아픔의 연속이다.

인간이나 식물이나 자신의 환경에서 내몰렸다고 공포와 외로움과 두려움이 너무 크다고 삶을 포기한다면 그것이야말로 다 잃은 삶이다. 자신이 처한 환경을 억울해하거나 원망하지 않을뿐더러 옮겨진 그 자리에서 삶을 다시 시작하는 것이 자연의 순리인 것 같다.

저 창밖 방랑자인 겨울바람도 지금은 봄이 오리라는 걸 몰라 가슴 앓이하며 틈새만 찾고 있음이 짐작된다.

백년손님

가을이 찬바람을 업고 성큼성큼 빠른 걸음으로 와 옷깃을 여미게 한다. 아침저녁으로 초겨울 날씨라 어제께 태어난 외손자가 있는 안방을 따뜻하게 하고 문을 닫는다. 산모가 누운 이불 속에 손을 넣어 본다. 발도 묻어본다. 방안 온도보다 더 따뜻하다. 공기가 건조할까 조심스레 아기를 바라보는데 실눈을 뜨고 사방을 살핀다. 두려워하는 눈빛 같아 보여 강보로 싸 안고 잠들기를 기다리는데 우리 집 백년손님이 내일은 도시락을 싸달란 말을 딸을 통해 듣는다. 생각이 타임머신을 타고 냉장고 안을 들여다본다. 만만한 재료가 없다. 가슴이 철렁 내려앉는다. 해산바라지가 힘든 게 아니라 사위 식사가 더 힘들었다던 지인의 말이 번개처럼 스쳐간다. 이 말을 들은 시간은 자정이 다 되어서다.

딸은 풀어서 다시 설명한다. 어제께 민원실에 연탄난로를 놨는데 학창시절 먹던 김치 깔은 도시락을 난로 위에다 데워 먹어보고 싶단다고. 순간 그 소리가 아름다운 멜로디로 들린다. 그리고 생각의 정령이 '두 아들의 학창시절에 많이 싸보았잖아' 얘기해 준다. 이렇게 쉬운 도시락을 요구할 줄은 상상도 못했다. '왜? 사 먹지 않고.'란 말이 목구멍까지 올라온 말을 꾹 삼켰었다. 하마터면 백년손님을 섭섭하게 해 줄 뻔했던 상황을 생각하니 안도의 숨이 길게 쉬어진다.

아침이 되었다. 김치를 송송 썰어 도시락에 깔고 그 위에 밥을 푸고 반숙 달걀을 덮고 들기름을 살짝 부었다. 내 입맛에 딱 맞는 비빔밥이다. 군침이 돈다. 두 아들 고3 고2 때는 도시락을 두 개씩 싸가지고 가 야간 수업을 하고 오면 자정이 되어서야 왔다. 족히 사 년을 하루에 대여섯 개씩 싸야 했었다. 날마다 그 시절 엄마들은 도시락 반찬이 큰 숙제였다. 내가 제일 많이 만든 반찬이 콩나물 무침과 들기름에 볶은 김치다. 이 두 가지는 날마다 번갈아가며 병에 넣어주었다. 잘 먹어야 할 나이에 아침은 거르고 부실한 반찬으로 싼 도시락 두 개로 하루를 살아온 두 아들을 생각하며 추억을 뒤적뒤적 들추니 막 딱지가 떨어진 듯 가슴부위가 아직도 아리다.

사위가 둘째와 동갑이니 지나 내나 도시락의 사연이 좀 많겠나. 그럼에도 백년손님에게 김치도시락 하나를 달랑 내밀기가 민망해 망설여진다. 이런 마음을 알았는지 주방으로 와서 식탁에 놓인 도시락을 손수 가방에 넣고 "다녀오겠습니다." 인사를 하고 갔다. 할 일을 다 하지 않은 것 같아 하루 종일 마음이 눌린다. 내일은 도시락을 제대로 싸야겠다는 마음으로 재료를 사와 지지고 볶아 놓았다. 숙제를 다 해 놓고 엄마를 기다리는 아이처럼 백년손님이 가다려진다. 사위 사랑은 장모라지만 나는 사위를 덜 사랑하는지 어렵다. 사위도 나와 같은 마음인지 밤이 이슥해서야 와서는 저녁을 밖에서 먹었다며 저녁상은 받는 날이 거의 없다.

그러던 사위가 웃음을 가득 머금은 얼굴로 식탁에 와 앉는다. 잘못을 저지르고 꾸중을 기다리는 아이처럼 무슨 말을 하려나 기다려진다. 민원실 난로를 보자 학창시절 양은 도시락을 데워먹던 생각에 꼭 한번 해보고 싶었다고 한다. 그런데 기름과 달걀까지 넣은 고급 도시락이라서 맛이 더 좋더란다. 추억이 그리워 장난기 서린 부탁임에도 장모의 가슴은 철렁했었다.

"내일은 제대로 된 도시락을 싸줌세"라고 했더니. 구내식당으로 가 동료와 함께 먹어야 한다며 사양한다. 생각해 본다. 내 아들이 부탁했어도 이렇게 긴장했겠냐고.

얼마 전에 큰아들이 예고도 없이 와서 밥상을 마주하게 되었다. 묵은지에 큼직한 돼지고기 토막을 넣고 약한 불에 오래 삶은 김치를 상에 놓았다. 자라면서 많이 먹어 물릴 법도 한데 그 반찬에만 수저가 간다. '고기도 먹어본 놈이 먹는다.'는 말이 맞나 보다. 그리고 혼자말로 읊조리는 말 '우리 반에서 제일 인기가 좋았던 반찬이 김치볶음이었지.' 앞 뒤 다 잘라먹고 혼자 하는 말인데도 '도둑이 제 발 저리듯' 엄마인 나는 도시락으로 살던 학창시절 이야기인줄을 단번에 알아들을 수 있었다. 이렇게 기분 좋은 소식을 이제야 들려주다니. 그 맛 좋은 이야기를 그 시절에 들었더라면 김치 병 내놓을 적마다 덜 미안했었을텐데. 영양가 높은 맛난 반찬을 싸주지 못해 늘 가슴 아파했던 엄마가 아니던가.

우리 집 백년손님의 학창시절 김치 깔린 도시락 덕분에 아들로부터 김치볶음을 좋아하는 친구가 항상 내 곁으로 와 본인의 반찬을 내게 주어 잘 먹고 살았다는 말을 듣는다. 이제껏 무거웠던 마음을 이제라도 내려놓으니 한결 편안하다.

빨간 5월

계절의 여왕과 꽃의 여왕이 만나는 5월이다.

우리 집은 5월이 오면 얼굴 큰 빨간 장미와 얼굴이 작은 백장미가 꽃봉오리를 송골송골 맺는다. 오전에는 새치름하게 입을 꼭 다물고 있던 봉오리가 따스한 햇살이 쏘아보면 창틀 사이로 얼굴을 내밀고 도미솔 꽃을 피운다. 그리고는 거실을 들여다보고 배시시 웃으며 눈 맞춤 하잔다. 웃음 짓는 장미를 나도 창문을 열고 웃음으로 맞아준다. 장미가 오는 5월이면 부지런히 움직여야 한다. 아침 일찍 창문을 열어주어 장미향을 맞이한다. 날마다 꽃잔치에 초대되어 꽃 밥상을 받는 기분이다. 그러나 일정한 기간이 지나면 붉은 장미는 백장미에 자리를 양보하고 먼저 떠난다.

이파리도 꽃도 작은 백장미는 5월이 가도 나의 허전한 마음을 배려하려는지 머뭇거리며 서성인다. 빨간 장미꽃이 지는 모습으로 5월이 지나감을 실감한다. 당신과 함께라면 행복해진다는 꽃말의 주인공은 정해진 시간 외에 잠시도 더 머물러 주지 않는다. 꽃의 여왕인 장미는 5월의 흐름을 알려주는 시계인 셈이다. 장미의 낙화를 보는 마음은 쓸쓸해지기 마련이다. 그렇다고 상심에 빠질 필요는 없다. 꽃은 때가 되면 다시 피기 마련이고, 그 꽃과 함께 붉은 5월은 또다시 올 테니까.

5월은 가정의 달이다. 어버이날이 오면 빨간 종이로 접은 카네이션을 가슴에 달고 거리를 활보하는 부모님들로 거리가 울긋불긋한 적이 있었다. 연세가 지긋한 어머니들은 훈장처럼 자랑스러워했지. 카네이션 꽃보다 더 곱고 예쁜 자식이 멀리 있어 어버이날 가슴에 꽃을 달아 주지 않으면 자식이 없다 여길까 봐 온종일 방 안에 있었다는 이웃 할머니의 이야기를 들은 적이 있었다. 그 할머니의 생각이 옳다 할 정도로 그 시절은 그러했었다.

어버이날을 정해놓고 노부모를 섬김이 얼마나 큰 행복인지를 나는 양가 부모님이 다 돌아가신 후에야 알았다. 생존해 계실 때 어버이날을 꼭꼭 챙겨드린 것 같았는데 실상은 억지로 가식으로 섬긴 것 같아 몇 해 동안은 어찌나 후회스럽던지. 어버이날이 오면 부끄러워 내 가슴이 저 빨간 장미빛 같이 붉었던 추억이 있다. 그때부터 빨간 5월이라 부르게 되었다.

언제부터인지 어버이날 부모님께 드리는 카네이션이 한 송이가 아니고 화분이 아니면 바구니로 변했다. 화원마다 상가마다 빨간 카네이션 화분으로 거리를 화려하게 꾸며놓는다. 요즘은 어버이날이면 자녀와 맛집을 찾든가 아니면 봉투가 가는 것으로 알고 있다. 다음 세대는? … 시간이 흐르면 이렇게 바뀌기 마련인가 보다. 모든 문화가 바뀌어도 부모님 섬기는 장밋빛 사랑은 변하면 안 되겠지.

밖에서 일을 보고 오는 나를 햇볕을 받으며 해맑게 웃고 있는 미색이 출중한 빨간 장미가 붙든다. 성큼 집으로 들어설 수 없어 계단에 앉았다. 꽃의 중량이 무거워 고개를 숙이고 있는 모습이 더없이 예쁘다. 몇 해 전 꽃이 서너 개 핀 묘목 한 그루를 사다 관리소장에게 준 적이 있었다. 그분은 나를 배려해 우리 창틀 앞에 심었다. 다음 해부터 피기 시작했다. 장미 뿌리가 밖에 심겨있으니 당연히 공동 꽃이다. 백장미 역시 뿌리는 화단이지만 우리 창틀에 끈으로 묶인 채 옆으로 가지런히 뻗어가며 피는지라 내 손으로 가꾸는 줄 알고 꽃이 피면 곱다고 나에게 인사를 한다. 일 년 내내 꽃삽과 전지가위 한번 안 들고도 꽃의 주인이 되었다.

이런 마음을 갖게 하는 것은 어제오늘 일이 아니다. 거실에 앉아 창밖을 바라보면 언덕배기에 여러 종의 야생화 꽃이 이른 봄부터 가을까지 피고 지고를 반복한다. 넓은 공간에서 전체를 보는 것도 아름답지만, 거실에 앉아 창문으로 한 부분만 보는 맛이 더 멋스럽다. 이웃집 청기와담장이며 단풍나무 감나무도 정원을 받쳐주어 운치가 있다. 커다란 바나나 잎이 바람에 너풀거리는 모습도 빠뜨릴 수 없다.

5월이면 어김없이 찾아오는 빨간 손님, 5월은 장미와 함께 왔다 장미와 함께 간다. 보내고 싶지 않다고 머물러 주지 않는다. 백장미와 빨간 장미는 모양과 색깔이 달라 더 아름답다. 사람은 서로가 다르면 갈등이 생긴다. 우리 사람도 서로가 다른 사람끼리 만나도 저 꽃들처럼 잘 어우러져 보는 이로 하여금 예쁘다 가까이하고 싶다 할 품성이 있으면 좋으련만 하는 바람을 가져보는 동안 빨간 장밋빛 5월의 해가 기운다.

자연치유

차창으로 바라본 제천의 여름 끝자락 빛깔은 진초록색이다. 나뭇잎과 풀잎이 너무나 건강해 보인다. 시야에 들어온 맑고 깨끗한 초록빛이 마음을 물들여주어 가슴이 시원하다. 저 식물의 신선함이 이대로 멈추어 주었으면 할 정도로 사면이 초록색이라 파랑새가 된 기분이다.

나뭇잎 하나하나의 눈이 딱딱한 껍질을 뚫을 때는 태아가 폭 좁은 산도를 나올 때와 같이 초월적이었겠지. 나뭇가지의 고통을 생각하니 이토록 싱싱한 수많은 잎이 예사로 보이지 않는다. 자라는 과정도 폭우에 온몸이 멍들도록 얻어맞기도 했을 테고. 태풍이 오는 날에는 가지에서 떨어질까 봐 제발 멈추어달라고 애걸했을 텐데. 강렬한 태양 빛으로 갈증이 심하며 간난 아기가 어미의 젖을 붙잡고 빨듯, 물관부로 전달하기를 재촉하면 뿌리는 물줄기를 찾아 멀리까지 가겠지. 이런 내공이 뒤안길에 있었기에 저토록 찬란한 오늘이 있었으리.

오늘의 저 푸름을 우리네 나이로 표현하라면 세상 무서울 게 없다는 혈기왕성한 청년의 나이가 되지 않았나 싶다. 많은 이들이 곱게 물든 단풍잎이 아름답다 하지만, 패기가 넘쳐흐르는 지금의 푸른빛이 최고의 아름다움이 아닌가 싶다. 나의 인생에도 이런 푸른 계절이 있었나 할 정도로 싱그러운 젊음이 새삼 그립다.

우리나라 최고의 저수지로 알려진 청풍 호수의 푸른 물 위에 내려앉은 태양 빛은 은구슬을 뿌려 놓은 듯 반짝인다. 산천의 푸른빛에 밀리지 않는다. 청풍호는 1985년에 충주댐을 건설하면서 생겨난 인공호수로 제천시와 충주시, 단양군에 걸쳐 있다. 충주 쪽에서는 충주호라 부르고, 제천에서는 청풍호라 부른다.

제천역에서 시티투어버스를 타고 비룡산을 향해 청풍호 자락을 달려왔다. 정상까지 오른다는 모노레일을 타기 위해서다. 기대에 부풀어 비룡산 자락에서 모노레일 순번을 기다린다. 안내원이 인솔하는 대로 여섯 명이 한 팀이 되어 한 칸씩 앞으로 간다. 안전띠를 매란다. 방송으로 45도 경사진 곳이 있다고 알린다. 45도? 설레던 마음이 두려움으로 바뀐다. 아니 겁이 난다. 출발했다. 경사가 심한 고개를 넘는데 몸이 뒤로 튕겨 나갈 것만 같다. 너무나 무서워 비명도 안 나온다. 몇 개의 경사진 곳을 지나고서야 조금은 안정이 되는지 안도의 비명인 '엄마야~'를 불렀고, 손에 땀이 날 정도로 주먹이 꽉 쥐어져 있음을 알았다. 자연스레 손이 느슨해지더니 넉넉한 숲을 가슴에 안는다. 포근한 느낌이 든다. 그제야 밝은 햇살이 숲에 내려앉음도 공기의 시원함도 나뭇잎의 싱그러움도 보인다. 연한 순도 아닌데 어디에서도 떡잎이 보이지 않는다. 어느새 숲에 안겨 나뭇잎과 대화를 하고 있다. 이래서 많은 이가 숲을 찾아와 어제가 오늘이고 내일이 오늘 같은 현실에 부딪혀 울어야 하나 웃어야 하나 흔들리며 사느라 지친 영혼이 자연과 놀기를 즐기나 보다.

흙, 공기, 물, 식물에는 에너지가 있다고 한다. 그 자연 에너지가 인간을 만나면 공명을 일으켜 치유한다고 하버드 의대 대체의학 분야에서 발표했다. 그리고 세계적인 명성을 얻고 있는 앤드류 와일 박사도 자연치유력 강화를 구체적으로 소개하고 있다.

요즘은 스스로 지혜롭다 과시하며 자신의 욕망으로 살다 인생 막장까지 갔던 이들이 자연을 찾는다. 그들은 계절 따라 변하는 자연을 보며 내 뜻대로 할 수 있는 일이 얼마나 있었나를 깨닫고는 비우고, 받아들이고, 내려놓음을 자연에서 배운다고 말한다. 이렇게 자연과 공감대를 만들어 살면서 자신이 할 수 없는 일에 애달파하지 않으며 아픔을 흘려보낼 수 있었다고 하지. 지금같이 과학과 의술이 발달한 현재도 병원에서 사형선고를 받은 환자가 자연으로 들어가 완치되었다는 보도가 심심찮게 들린다. 몸속의 자연치유 시스템이 기적을 만들 수 있도록 흙을 맨발로 밟으며 산을 오르고 태양 빛이 내리쬐는 맑은 공기가 살갗을 보듬을 수 있도록 맨살을 내어주어 자연과 공유하는 사람이 늘고 있지 아니한가.

나는 모노레일에 앉아 사방에서 불어오는 바람을 온몸으로 받아안으며 일렁이는 나뭇잎을 가까이서 본다. 자연이 준 오늘의 멋진 선물은 내 마음에 젊음을 심어주었다. 자연에서 젊음을 선물 받아 기분이 좋아 휘파람을 날리는 나를 보고 자연은 이렇게 말하는 것 같다. 아직도 살날이 많이 남았으니 혹여 힘들고 어려워 가슴이 답답하면 언제고 찾아와 남은 날을 이렇게 살라고 속삭여주는 듯하다.

송화다식

송화분이 수분하려고 바람을 기다린다. 수꽃의 마음을 알아차린 태양의 열과 땅의 찬 공기가 한마음으로 바람을 만들어 살랑살랑 소나무 주변을 부지런히 순례한다. 바람은 짓궂은 일곱 살 개구쟁이인 줄만 알았는데 송홧가루를 날라다 수정시키는 일을 하다니, 이렇게 고마울 수가. 세상에는 불가사의한 기적이 많이 있지만 가장 불가사의한 기적은 생명을 탄생시키는 일이 아닌가 싶다. 곤충도, 사람도, 수분을 기다리는 꽃에 수꽃가루를 날라다 수정시킨다. 그들은 자신이 그들에게서 필요한 걸 얻으려고 서로 공존하는 것이다. 하지만 바람은 대가를 바라지 않고 송홧가루를 등에 업고 암꽃을 찾아 높낮음을 가리지 않고 바삐 헤맨다.

송홧가루가 바람과 함께 내 집을 엿본다. 들어옴을 사양하고 싶어 창문을 꼭꼭 닫았다. 그럼에도 요술쟁이처럼 들어와 온 집안을 노랗게 만들어 놓았다. 꽃가루를 닦으며 '너를 기다리는 곳으로 가잖고 왜 내 집으로 와 불청객이 되었니?' 미운 아이에게 퉁명스럽게 말하듯 하는데 어린 시절 송화가루를 채취하시던 어머니의 모습이 아련히 피어나 가슴에 조용히 안긴다. 어머니는 여름이 시작되면 송화를 따려고 흰 앞치마를 두르고 산을 오르셨다. 덜 핀 꽃을 가위로 싹둑싹둑 잘라 앞치마에 가득 담아 와 바람이 없는 곳에서 말린다. 떨어진 작은 입자의 촉감은 만질만질하다. 큰 옹기 자배기에 송홧가루를 넣고 물을 부어 불순물은 제거하고 가라앉은 꽃가루를 보자기에 널어 응달에서 말린다. 미세한 노란 가루를 고운체로 친다. 송홧가루는 입자가 가볍고 고아서 조심스레 다루지 않으면 다 날아가고 만다. 예로부터 송화는 고급 식품임을 아셨기에 어머니는 해마다 힘들게 송홧가루를 만드셨나 보다.

송화다식 맛은 어머니의 정성에 비교해 좋았었다는 느낌이 없다. 입에 물고 혀로 지그시 누르면 촉감은 매우 부드럽지만, 푸석 부서지며 사르르 풀어진다. 꿀이 조금 들어가면 단맛이 약하고 떫은맛과 쌉싸래한 맛이 약간 강하게 느껴졌다. 다시없이 몸에 좋은 어머니 표 귀한 송화다식이 우리에게 냉대를 받아 마지막까지 나뒹굴었다. 왜 어머니는 이토록 천대받는 송화다식을 빠뜨리지 않고 만드시나 했었다. 그때는 몰랐다.

송홧가루는 약명으로 중풍, 고혈압, 심장병에도 좋고, 폐를 보하고 신경통 두통에도 효과가 있다고 해 몸값이 비싸다는걸. 세월에 묻혀 많은 날을 여러 종류의 맛을 보고 난 현재는 송화다식의 맛을 음미하니 변덕스럽지도 호들갑스럽지도 않은 수수한 맛임을 깨닫게 되었다. 맛을 떠나 정성만으로도 고귀한 음식을 알아보지 못한 내가 얄미워 어머니에게 많이 미안하다. 진주 목걸이를 개에게 걸어준 꼴이 된 셈이다. 성숙한 만큼 보이는 것이라지만 철없던 시절이 많이 후회된다.

예로부터 다식은 회갑상에도, 제사상에도 빠뜨리지 않았던 다과였다. 얼마간 사라졌던 다식이 요즘 인성 예절이라 하여 다도가 이루어지는 곳에서는 찻잔 옆에 다식이 나온다. 요즘 찻잔 옆 다식은 작아 어찌나 앙증맞고 예쁜지 보아도보아도 싫증이 나질 않는다. 옛 다식판과 현재 다식판은 문양은 같지만 크기가 다르다. 요즘은 맛으로 먹지만 예전에는 배고픈 시절이라 양으로 먹었기 때문일 게다. 다식은 어떤 재료로도 가능하다. 다식 색깔에는 오방색이 있다. 검정색, 파란색, 흰색, 붉은색, 노란색이다. 그중 노란색이 송화다식이다. 송화다식은 깐깐한 조청이나 꿀이 아니면 반죽이 안 된다.

전설처럼 내려오는 송화다식의 이야기가 있다.

일본 스님이 금강산에 있는 절에 유람을 갔는데, 한국 스님이 송화다식과 차를 대접했다. 송화다식을 처음 맛본 일본 스님이 송화다식 맛을 이렇게 표현했단다.

"오! 이건 신선이 먹는 음식이야."

얼마나 맛이 오묘했으면 저런 감탄사로 표현했겠나. 그렇게 귀한 맛을 몰라 맛있게 먹어주지 않았다니 후회스럽다. 그리고 많이 먹어주지 않은 게 아쉽다. 어린 시절 맛의 기준을 어디에 두는지 몰라 귀한 고급 음식임에도 냉대했다. 속죄하는 마음으로 다짐해 본다. 태어날 때부터 예정된 시간을 다 살고 가기 전 꼭 어머니처럼 송홧가루를 모아 벌이 꽃에서 채취한 꿀로 반죽해 자연의 맛을 살려 다식판의 무 양을 예쁘게 박아 기품이 넘치는 최고의 다식을 만들어 보리라. 그래 서 어머니의 순결한 정성이 담긴 송화다식을 자녀와 한자리에 앉아 따끈한 차와 곁들여 먹으며 나도 '오! 이 맛은 어머니 맛이야'라고 외 쳐보아야겠다.

시내버스

오창읍에 사는 딸네 집을 가기 위해 713-14번 버스를 탔다. 넓은
도로를 놔두고 오창과는 상관없는 주중동 옛길로 들어선다. 달팽이
가 나뭇잎을 돌고 돌듯 몇 가구 안 되는 마을까지 찾아가느라 뱅글뱅
글 돈다. 본인 차가 없는 분들에게 자가용처럼 사용할 수 있을 것 같
다. 참으로 고마운 일이다. 어릴 적 내가 자라던 마을 같다는 생각에
옛 우리 집을 닮은 초가지붕이 있으려나? 찾아보지만 닮은 집이 안
보인다. 어머니를 보려고 친정에 왔다가 빈집만 둘러보고 쓸쓸히 돌
아서는 것처럼 서운하다. 하지만 고향 까치만 보아도 반갑듯이 평화
로운 마을을 보는 것만으로도 행복한 여행을 하고 있다.

딸이 사는 아파트를 지나왔다. 분명히 알려준 번호가 맞는데 전광
판 자막도 음성으로 내리고 타는 사람이 있건 없건 현재 마을 이름과
다음 지명을 알려준다. 내가 내려야 할 곳에서도 알려주겠지? 안심하
고 이리 덜컹 저리 덜컹 뒤뚱거리며 정류장마다 잠깐 쉬어 승객을 앞
문으로 태우고 뒷문으로 내려놓는 데에만 신경을 쓰고 있었다. 버스
의 행동이 방앗간에 들어가 모이를 주워 먹고 배설물을 싸고 가는 참
새를 닮았다는 생각에 재미있게 보고 있었다. 버스를 잘 못 탔나. 마
음이 초조해진다. 기사에게로 가서 "이 차가 쌍룡 아파트 곁을 지나

가나요?"라고 물었다.

"네"라고 대답한다. 자리에 와 앉았다. 오창읍에 들어왔다. 아파트 골목마다 들어간다. 이제껏 시내버스는 넓은 길로만 다니는 줄 알았다. 지루한 생각이 들자 자막으로 지나가는 전광판 시계를 보았다. 버스에 오른 지 1시간이 넘었다. 마음이 조급해진다. 기사에게 다시

"정말 이 버스가 쌍룡 아파트 곁을 지나갑니까?"라고 또 묻는다.

"네!"란 대답이 조금은 퉁명스럽게 들린다. 불안하지만 느긋하게 마음먹자, 버스를 잘못 탔으면 집으로 갔다가 다음날 다시 오면 되지. 마음을 다잡다가 내려 택시를 타야겠다는 생각에 내릴 준비를 한다. 기사가 나의 행동을 보았는지.

"할머니, 안심하고 계세요. 아직 한참 더 가야 따님 집에 갑니다."란다. 그러자 옆에 있는 젊은 여인이

"제가 그 아파트에 살아요." 저와 내리면 된다며

"오창에 처음 오시나 봐요."

"제가 차를 운전하고 다녔는데 버스는 오늘 처음 탔지요." 주고받는 대화를 기사가 들었는지 부드러운 목소리로 이렇게 말한다.

"혹시 다음에 또 버스를 타시려면 713번을 타세요. 그 버스는 할머니가 다니던 큰길로 옵니다." 일러준다. 느긋하게 앉아있을걸, 여태껏 관광을 즐겼으면서 괜스레 운전하는 기사를 신경 쓰게 한 행동이 미안해 진심을 담아 고마웠다고 인사하고 내렸다. 승객의 편리를 위해 아파트 골목을 돌고 돈다는 걸 오늘 알았다. 내 중형 옵티마로 오창을 왔다 가려면 10,000원의 가스 값이 든다. 버스로는 2,400원으로

왔다 갈 수 있다. 시간에 쫓기지 않는 이상 굳이 차를 운전하고 다녀야 했었나? 할 정도로 착한 값이다.

그날의 여행이 좋아 충북을 시내버스로 관광해야겠다고 다짐했다. 첫 관광지를 미동산으로 정했다. 우리 집 근처 '기적의 도서관'에서 30-2를 타고 육거리에서 내릴 때 카드를 태그에 찍고 내린다. 다시 미동산 211-1에 올라와 카드를 대니 '감사합니다.'라고 인사를 하지 않고 '환승입니다.'라고 한다. 미동산까지 공짜로 간다는 생각에 보너스를 받은 기분이 든다. 즐거운 건지 미안한 건지 아리송하다. 시내를 벗어나 넓은 대로를 달린다. 은행리 마을로 들어간다. 마을을 돌고 큰 길로 들어섰다. 시내버스만이 주는 보너스에 신선감이 든다. 미원에 오자 또 좁은 시장골목 길로 가서 한 바퀴 돌고 나와 미동산에 다다랐다.

한적한 미동산 정상길, 남편이 즐겨 걷는 길이라 자주 왔었다. 내 운전 실력으로는 40분 거리다. 그렇다면 가스 값도 10,000원은 계산해야 한다. 시내버스로는 올 때와 돌아갈 때를 반복하면 2,400원이면 된다. 이 얼마나 기분 좋은 여행인가. 더 착한 값은 또 있다. 간단한 식자재를 사려고 30-2를 타고 육거리 시장에 와 부지런히 사고 30-1을 타고 태그에 카드를 대면 무료 환승이다. 시내버스가 이렇게 좋을 수가.

신봉동 언니를 만나고 우리 집에 오기 위해 412번을 탔다. 여전히 넓은 길을 제쳐놓고 골목길을 찾아다니며 정거장에서 기다리는 승객을 태우고 내려놓는다. 청주대학 정문에서 정착한다. 한쪽 어깨에 가방을 멘 청소년이 사뿐사뿐 내린다. 또 다시 유거리 정류장에 와 멈추었다. 내리는 사람, 타는 사람 모두가 세월이 잔뜩 쌓인 어르신들이다. 무심코 지나쳤던 청대의 그림과 비교가 된다. 그 젊은이들은 미래를 설계하기 위해 모이고, 이곳에는 사막과도 같은 긴 여행을 발밤발밤 걸어왔음에도 현재를 살기 위해 양손에 무거운 보따리를 들고 힘겹게 오른다. 인생의 무상함을 느끼게 하는 가슴 먹먹한 그림이다. 나를 서글프게 하는 풍경을 보여줌도 시내버스이기에 가능하지 않았겠나 싶다.

　내가 차를 운전하고 다닐 땐 동트기 전부터 해가 져 밤이 이슥하도록 사람이 타건 안타건 정해 놓은 노선을 벽시계 추처럼 왔다 갔다 하는 버스를 보면서 이런 마음이 들었었지. 기름도 한 방울 나지 않는 나라에서 이 모든 게 낭비라고. 시내버스 애호가가 되고 보니 자유로히 나는 새를 닮은 시내버스가 그렇게 고마울 수가.

열린 마음

　새장에 갇힌 새처럼 굳게 닫힌 철문 안에 있는 아내를 보러온 남편은 말쑥한 정장 차림에 꽃을 가슴에 꽂고 나타났다.

　"웬 양복에 꽃까지. 바람났냐? 누구 염장 지르려고 왔냐?" 가시 돋은 비수의 말만 마구 퍼붓고 할퀴는데도 평소와는 달리

　"내, 니 나올 때까지 꼭 기다린데이. 내가 무슨 일이 있어도 면사포는 꼭 씌어줘야 눈을 감아도 감제. 니 나오면 우리 꼭 결혼식 하고 죽자."

　다가오는 죽음을 준비하는 남편이 파란 재소자의 옷을 입고 있는 아내에게 와 마지막으로 한 말이다.

　남편이 간암으로 고생하다 세상을 떠났다는 소식을 아내는 전해 듣는다. 42년을 함께 살았지만, 아직 지켜야 할 약속이 남았는데 그 약속을 지키지 못하고 먼저 가서 미안하다 라는 말을 옆에 있는 아내에게 하듯 반복해 읊조렸다는 소식을 듣자 아내는 오열한다. 남편의 마음을 헤아리지 못하고 바람났냐고 염장 지르던 자신이 얼마나 한심한 사람이라는 걸 깨닫는 여인의 참회록이 '열린 마음' 글 공모전에서 대상으로 선정되었다. 다시는 돌아올 수 없는 남편에게 본인의

마음을 진솔하게 보여 주는 글이다. 순간의 탐심으로 죄수복을 입은 아내의 울부짖음에 듣는 이마다 흐느낀다. 그녀가 참으로 애잔하다.

오늘도 충북여성문인협회는 세상과 단절된 여자 재소자들의 글 시상식장에 들어가려고 굳게 닫힌 문을 열고 들어선다. 인연을 맺은 지 올해로 열두 해가 되었다. 세월이 쌓일수록 그녀들은 문인들이 내미는 손에 본인의 마음을 올려놓고 엉킨 실타래를 한 올 한 올 풀듯 진솔한 글로 꽁꽁 닫아 걸은 마음의 빗장을 열어 보여준다. 뿌리치지 않음이 고맙다. 식장에 앉아 있는 푸른 제복의 저 여인들이 풍기는 모습은 청순하고도 해맑은 눈빛이다. 어디로 보나 이곳에 와 후회하며 눈물짓는 여인 같지 않다. 그럼에도 남이 열어주지 않으면 나올 수 없어 세상을 생각으로만 오가며 산다.

시린 가슴을 삭히는 그녀들 앞에서 시를 낭송하는 날이다. 바라기는 자신의 초라한 모습을 보여주기 싫어 경계하는 그녀들의 닫힌 마음을 열어 미완성의 사랑이 소망으로 바뀌기를 기대하며 고민한다. 시상식장에 와 앉아 있는 시간만이라도 후회하지 않기를 바라는 마음이 간절하다. 어떤 시를 선택해야 하나, 어떤 의상을 입어야 하나, 그들은 민얼굴인데 화장은 해도 되나, 행여 나의 옷차림새로 밖의 세상이 보고 싶고 취하고 싶은 생각에 마음이 흔들리면 어쩌나 신경이 쓰인다.

모습만이라도 고향에 계신 포근한 어머니의 인품과 인상을 보여주면 편안한 마음을 그녀들에게 주고 싶어 고민을 한다. 또 시는 누구의 시를 선정하나 고심하고 고심하다 의상은 비둘기색 생활한복, 시는 도종환의 '흔들리지 않고 피는 꽃이 어디 있으랴'를 택했다. 진심으로 시인의 마음을 고스란히 전달하고 싶다. 시를 머릿속에 입력시키는 동안 시름에 잠겨 먼 산만 바라보며 쓸쓸해 하는 고독한 얼굴이 아른거려 내 먹먹한 가슴을 진정시키느라 온 힘을 기울였다.

우리 교회에는 청주 미평 교도소에서 교도관으로 근무하다 퇴임한 장로님 두 분이 있다. 그중 한 분은 여자 교도소에서 근무했었다. 그분들의 말에 의하면, 밖에서 들어오는 단체나 개인이 아무리 좋은 감정으로 프로그램을 가지고 와도 긍정적으로 받아들이지를 않는다 했다. 그래서 나는 저희를 만나러 올 때마다 교도관들의 말이 귓가에서 맴돌아 늘 조심스럽다. 실제 들어와 느낀 바로는 서로가 고마워하는 인상이다. 그녀들의 글 속에는 절절한 참회의 마음이 담겨있다. 그럼에도 그분들은 밖에서 오는 고마운 마음은 받아들이지 않는다니 믿어지지 않는다.

그녀들의 잔잔한 글속에는 정말 편견이 있으려나 할 정도로 진솔하고 솔직함이 담겨있다. 그렇다고 평생 교도관으로 살며 보아온 그분들의 말이 틀린 말도 아닐 것이다. 사실이 그러하다 해도 나는 그녀들 만남을 망설이지 않으리라 내 안의 나와 다짐했다. 글이란 사람과 사람이 가슴으로 전하는 마음의 소통이 된다는 사실을 알기에 오늘도 용기 내어 문을 열었다.

인간은 누구나 탐욕과 벗이 되어 함께 살고 있다. 현재를 살다 보면 환경에 흔들려 과다한 실수를 저질러 놓고 후회하는 게 삶이다. 그리고 세상에 죄인 아닌 사람이 어디 있겠나. 사회의 위계질서를 위해 세워놓은 법망에 걸려들지 않았을 뿐 다 죄인임에는 부인할 수 없는 사실이다. 그럼에도 이곳에 오는 건 싫어한다. 저 여인들도 이 진리를 알기에 너나 나나 같은 죄인이면서 어찌 너희만 자유롭게 사느냐며 심통이 나서 쉽사리 마음을 열어주지 않을 게다.

성경에도 '의인은 없나니 하나도 없다' 했고, '우리의 목구멍은 열린 무덤이요. 혀로는 속임을 일삼으며 입술에는 독사의 독이 있고 저주와 악독함이 가득하고, 발은 피 흘리는데 빠르다' 하지 않았던가.

지구에 퍼져 사는 인간의 마음은 누구나 이렇듯 추악하다. 지난날 죄 지을 수밖에 없도록 강하게 몰아갔던 욕망과 환경을 원망하느라 가슴앓이로 아픔만 키우지 말기를, 이곳에 머무는 동안 앞날의 목표를 잘 설계해 놓았다가 출소해 새 삶을 당당히 살아주길 기대하는 마음으로 해마다 여성 문인 협회는 글로써 닫힌 마음의 문을 열고 있다.

싹 난 감자

대한이가 소한이 집에 놀러 갔다 얼어 죽었다는 날 점심 메뉴에 감자가 필요하다. 뒷베란다로 가 감자 상자를 열다 못 볼 걸 보았는지 얼른 닫는다. 숨을 고르고 다시 조심스레 열고 들여다보다 '세상에'를 연발한다. 옅은 보라색을 띤 하얀 싹이 가득하다. 뚜껑 때문에 자라지 못해서인지 키가 일정하다. 누가 이 모습에 놀라 뚜껑을 닫지 않을 수 있겠나. 손으로 싹을 살며시 누르는데도 꺾일 기미가 보이지 않는다. 하나의 실한 싹을 들으니 상자 안 전체 감자 싹이 다 움직인다.

하도 신기해 두 손으로 여러 순을 조심스레 잡고 당기니 상자 안 감자까지 달고 일어선다. 떨어질세라 살짝 들어 타일 바닥에 옮겨 놓는다. 이리 보고 저리 보아도 20kg 왕 남양 감자 상자를 닮았다. 감자를 담으려고 들고 간 스텐양푼을 올려 놓아보았다. 미동도 하지 않고 이고 있다. 키로 갈 양분이 몸통으로 가 줄기가 아기 손가락같이 굵다. 감자알의 개수는 2~30십 개다. 감자 상자 위에 연시 상자를 올려 놓아 습기도 없을뿐더러 공기도 차단되었을 텐데 촉을 틔워 실하게 키웠다니 놀라지 않을 수가 없다.

이 감자는 6월 말에 지인으로부터 선물 받아 오늘까지 이 자리에 있었다. 감자 눈은 휴면 상태로 있다가 생장하기 좋은 조건이면 싹이 돋아난다. 해마다 상자 안에서 싹을 틔움은 종종 보아 왔다. 어느 때는 제 몸에 작은 씨알을 품음도 보았었지. 그럼에도 올해처럼 이렇게 튼실한 싹을 키운 적은 없었다. 귀한 먹을거리를 소홀히 한 죄책감에 몸 둘 바를 모르겠다. 이대로 밭에다 옮겨 심어보고 싶을 정도로 힘이 있어 보인다. 마디는 있는데 잎은 아직 하나도 형성되지 않았다.

싹 난 감자에는 솔라닌 독이 있어 요즘 젊은이들은 먹지 않고 주방 오물통에 버리는 걸로 아는데 이 싹을 따내고 먹어야 하나 버려야 하나 싹을 들고 고민한다. 아스므레 가슴이 아려 오는 배고픈 시절 이야기가 떠오른다. 아버지와 어머니 양주분이 두 며느리에게 '내일 감자를 놓으려 하니 너희는 감자 눈을 도려 놓으라.' 하시고 출타하셨다. 오늘 이 감자처럼 수분이 말라 쭈글쭈글한 감자의 속살을 먹으려고 눈 달린 꺼풀에 살을 적게 부치고 얇게 잘랐다. 그리곤 속살을 쪄 온 가족이 점심으로 먹었다. 올케언니들은 감자로 한 끼를 해결했다며 자랑삼아 저녁 밥상머리에서 시어머니께 보고한다. 별미라 맛이 좋았더란 말도 빠뜨리지 않는다.

며느리들의 이야기를 듣던 아버지, 허허 웃으시며 '어떡하든 속살을 많이 남겨 가족을 배불리 먹인 어미들의 알뜰한 솜씨는 갸륵하다만, 씨알 좋은 감자를 얻으려고 싹의 양식을 듬뿍 달아주는 것이거늘 이미 너희들이 먹어버렸으니 실한 감자는 기대하지 말아라.' 하시지 않았던가. 칭찬도 책망도 하지 않으시던 아버지의 속 깊은 교훈이 스쳐 지나간다. 그 소리를 듣는 순간 눈에 달린 감자 속살이 먹고 싶어 남몰래 앞 이로 싹둑 잘라 먹은 게 한 두개야지. 올케 언니들보다 더 심한 행동을 한 죄책감에 얼른 방에서 나왔었지. 그렇다면 씨를 놓다 내가 잘라먹은 눈만 달린 껍데기를 분명 보셨을 텐데, 이 소행이 나란걸 알았음에도 책망을 하지 않으셨던 아버지. 그 감자 눈을 밭이랑에 버릴 때마다 무슨 생각을 떠올리셨나. 소견이 없다고, 아니 그런 맘이셨다면 집에 오셔서 꾸지람하셨겠지. 보나 마나 오죽 주전부리가 궁했으면 알키한 날감자를 먹었겠나 하시며 먼 산을 바라보고 한숨으로 아린 가슴을 쓸어내리셨을 등 굽은 아버지의 모습이 보이자 '왜 이리 보고 싶은 게야.' 읊조리다 살아 계신 아버지께 말하듯 "아버지, 그때는 속살이 싹의 양식인 줄을 몰랐어요. 그래도 되는 줄 알았지요." 큰 소리로 말을 하고 나니 감정이 복받쳐 눈에서 눈물이 주르르 흐른다.

오늘 이 감자 싹을 보셨더라도 살림이 나아졌다고 귀한 음식을 함부로 버리지 말아라 당부하셨을 아버지의 얼굴을 떠올리니 버릴 수가 없다. 고민도 사치라 하실 것 같아 싹을 따고 있노라니. 가슴이 아려오는 그림이 또 보인다. 감자를 수확할 때 이따금 뿌리에 썩지 않은 꺼풀이 달려 있음을 보았다. 속살은 이새에게 다 주고 껍질만 덩그러니 달고 있는 모습이 어미의 초라한 모습인 것을……

언젠가 김해 둘째 아들 처가에 가다 파란 들판에 탐스러운 흰 꽃송이를 보았다. 감자 꽃이었다. 감자 꽃은 한 대궁에 여러 송이가 피어 매우 풍성하다. 만개한 감자 꽃이 어찌나 화사하던지 차를 멈추게 하고 멀리서 차창으로 바라보며 꽃의 미색에 취한 적이 있었다. 감자는

5~6월이면 잎겨드랑이에서 꽃줄기가 나와 보라색이나 흰색 꽃을 피운다. 꽃잎이 다섯 갈래로 갈라져 별 모양에다 보드라운 비단 같고, 노란 꽃술은 크고 힘 있다. 꽃이 지면 방울토마토 비슷한 열매가 달린다. 이 열매는 먹지도 못하고 씨로도 사용하지 않는다.

향기를 음미해 본다. 꽃의 아름다움에 비해 향은 있는 듯 없는 듯 풋풋한 풀내음으로 기억된다. 그래서 내 어머니의 향기라 말하고 싶다. 이렇게 끈끈한 정을 담뿍 품고 아름다움을 자랑할 즈음이 되면 농부가 휘두르는 낫날에 가련하게도 목이 잘려진다. 감자의 씨알을 굵게 하기 위해서란다. 그날 감자밭이 가까이 있었다면 파란 잎 위에 요염하게 앉아 있는 튼실한 대궁 서너 개를 꺾어 꽃다발을 만들어 안사돈에게 주었으면 하는 바램이 간절하지 않았던가.

가으내 한 번도 감자 상자를 열어보지 않아 이런 그림을 만들었다. 먹을거리가 풍성하면 나누며 살자. 이런 실수는 한 번으로 충분하다 다짐하며 껍질을 벗겨 볶음도 하고, 탕도 만들고, 전도 부쳤다. 감자 요리를 질리도록 며칠 먹으며 감자 오래 보관하는 방법을 알아보았다. 감자 10kg당 사과 한 개 정도 넣어주면 사과에서 나오는 에틸렌 성분이 나와 휴면을 연장해 준단다. 돌아오는 해에는 한 번 해보리라.

아픈 손가락

푸른 물결을 눈에 담으며 막내 딸 집을 향해 인천대교를 달린다. 좌우의 검푸른 바다가 바람에 제 몸을 내어주어 쉬지 않고 가늘고 긴 하얀 실무늬로 작은 너울을 만든다. 신선함이 마치 자식을 마중 나온 어머니 치맛자락처럼 나풀대며 반갑다고 달려오는 듯하다. 그리움이 묻어난다. 찌들었던 마음이 고운 빛깔로 빚어진 자연의 색에 희석되어 내 안에 들어와 자리 잡는 동안 막내가 사는 섬에 도착한다.

이 섬을 하늘도시라 부른다. 사면이 바다다. 그럼에도 조업하는 곳은 한 곳도 없다. 그렇다고 고즈넉한 시골 풍경은 더더욱 아니다. 높다란 아파트를 중심으로 모든 시스템이 현대식으로 잘 정돈된 신도시다. 도로명도 은하수로, 별빛로, 달빛로 참 재미있다. 맛으로 표현하라면 어촌과 농촌과 도시를 비벼놓은 비빔밥처럼 맛깔스러운 청정지역이랄까. 마중 나온 두 아이의 엄마가 된 의젓한 막내의 뒷모습을 바라보며 옛 생각에 잠시 잠긴다.

나는 농사일을 천직으로 알고 살아가는 금슬 좋은 부부의 늦둥이로 태어났다. 축복받지 못한 탄생이었다. 그 부부에겐 벌써 자식이 육남매나 되었고 또 장성한 아들 둘이 결혼을 해 이미 큰아들에게서 손자가 태어난 후였다. 그 무렵 설상가상으로 마을에 역병이 도는 바람에 당신의 손자가 역병에 걸려 사경을 헤맨다. 그 여인은 늦둥이로 태어난 나를 품에 안을 때마다 주문을 외웠다고 했다. '네가 대신 가려무나. 네가 대신 가다오.' 애원하고 사정해도 눈망울만 굴릴 뿐 역병에 걸리지 않더란다. 당신 자식을 보내고 손자를 붙들고 싶어 하는 애끓는 마음을 뒤로한 채 손자가 죽었다. 대를 이을 장손이 죽었다고 슬퍼하는 시부모님 앞에서 내 어머니는 모유 대신 먹이는 밥물마저도 눈치가 보여 먹일 수가 없었고 또 자식 잃은 며느리가 만들어다 주는 밥물인지라 미안해 마음이 편치 않으셨다고 했다. 같은 어미로서 저 마음이 오죽하랴 싶어 따라 죽어주었으면 하는 마음이 매일 들어 아이를 제대로 돌볼 수가 없었단다. 굶겨도 배고프다고 보채지도 울지도 않더란다. 어미의 가련한 형편을 알아차린 듯 누구라도 먹이면 제비처럼 잘도 받아먹더란다.

어머니의 아픈 손가락이었던 나는 성인이 되어 원만한 성품의 남자와 결혼을 하였다. 신접살림을 막 시작하자 친정아버지가 병석에 누웠다. 아버지 병수발을 하기 위해 친정집으로 들어가 오륙 년 간 보살펴드렸다. '날마다 죽으라고 애원해도 죽지 않더니만 아비의 대소변을 받다니 미안하구나.'란 말을 두 분은 수없이 하시곤 하셨지. 돌이켜보면 때로는 버거웠지만 나를 세상에 있게 했고 모진 고통을 겪으셨던 부모님에게 이렇게라도 갚을 수 있음에 감사하는 마음으로 감당했는지도 모른다.

어머니는 소천하시기 전 일 년여를 과거와 현재가 머리에서 다 지워진 상태에서 사셨다. 그런 와중에도 늦둥이 집에 간다고 매일같이 보따리를 쌌다 풀렀다를 반복하셨다. 막상 옆에 와 있어도 알아보지 못하면서 늦둥이를 가슴에 품고 사심은 왜일까? 눈이 많이 오던 어느 겨울날엔 늦둥이를 만나러 간다며 작은 보따리를 옆에 끼고 집을 나가 차를 기다리다 눈사람이 된 적도 있었다. 왜 어머니의 기억 속에 그토록 남아 있을까? 해서는 안 될 말을 해 놓고 평생 가슴 아파하셨던 어미의 마음 때문이었으려나. 한집에서 시어머니, 며느리, 당신. 성이 다른 세 여인 중 부모와 자식의 행복을 위해 자신의 자식을 품지 못했던 내 어머니의 삶이 애잔하다.

나도 삼 남매를 낳았다. 족하다 하며 정을 주어 품었다. 뒤늦게 막내가 내 몸속에 왔음을 아는 순간부터 '넷을 어떻게 돌봐야하나' 라는 중압감에 복중의 아이가 먹고 싶어 하는 음식을 일부러 먹어주지 않았다. 어미의 이런 마음도 아랑곳하지 않고 복중에서 건강하게 자라 태어났다. 모질게 박대했던 어미에게 방긋이 웃음 짓는 딸의 얼굴을 대할 때마다 미안한 마음을 담아 진심으로 사랑했다.

나의 아픈 손가락 이었던 막내가 어느새 두 아이의 어미가 되었다. 그 늦둥이가 첫딸을 낳았을 때다. 산후조리가 끝나 배웅하고 돌아와 청소하다 손 편지 한 통을 발견했다. '엄마, 낳아 주셔서 고맙습니다. 엄마처럼 저도 예쁘게 내 딸을 잘 키우겠습니다.'라는 내용이다. '낳아주셔서 고맙다니. 원치 않았음에도 찾아온 네가 야속해 얼마나 미워했었는데. 그럼에도 잔병치레 없이 예쁘게 자라 가정을 이루고 잘 살아 주어 어미가 더 고맙지.' 게다가 예쁜 손녀까지 안겨주다니. 아푼 추억인대도 기억하니 새롭다. 손편지를 쓴 늦둥이가 태어날 즈음에 정부시책이 '아들 딸 구별 말고 둘만 낳아 잘 기르자'이었다. 여인들은 마구잡이로 낙태수술을 하던 시절이었다. 나는 위에 계신 분이 두려워 낙태할 수 없었다. 남들이 수술했다는 소식을 들을 때마다 나도 죄 한번 질걸. 수 없이 후회하지 않았던가. 늦둥이가 고마워해야 할 상대는 어미가 아니라 위에 계신분이다.

　나의 늦둥이는 자라면서 누구에게도 지지 않는 성품 때문에 가끔은 어미를 당황시키면서도 잘 자라주었다. 통통 튀는 성격을 볼 때마다 태교를 잘 못 했다는 죄책감이 들 때도 많았지만 그것이 오히려 오늘을 살아가는 이들에게 꼭 필요한 덕목일 줄이야. 지금도 파란 잎에 뽀얀 무가 달린 총각무만 보면 늦둥이가 그토록 먹고 싶어 하던 음식인지라 예사로 보이지 않을뿐더러 죄책감에 사로잡히곤 한다.

　내 어머니도 내가 당신의 아픈 손가락인지라 과거와 현재가 다 지워졌음에도 그토록 찾음은 이런 마음이셨으리.

온천 이야기

온천의 기준은 나라마다 다르다. 온천수는 성질과 효능도 각각 다르다. 우리나라의 온천수 기준은 지하로부터 용출되는 25℃ 이상의 온수로 인체에 해가 없으면 온천으로 인정하고 있다.

일본 온천의 역사는 약 3,000년으로 추정된다고 한다. 현재도 다리를 다친 백로가 바위 틈새에서 분출하는 온천수에 발을 담근 뒤 말끔히 치유돼 날아갔다는 전설이 입에서 입으로 오간다. 나도 한마리의 백로가 되고 싶어 지면을 뚫고 올라온 온천수에 몸을 담그기 위해 정글 온천을 기대하고 일본으로 여행을 왔다. 초겨울인지라 뜨끈뜨끈한 온천수에 몸을 담그고 저녁노을을 볼 수 있겠다고 기대했다. 또 물속에서 눈을 맞으며 설경을 볼 수 있겠다는 상상도 했다. 이렇게 꿈에 부푼 나를 오사카 잇큐 온천으로 안내한다. 목욕탕을 들어서니 상상했던 정글 온천의 모습은 없고 실내에 커다란 바윗덩이로 탕 가장자리를 조각했고, 밖은 시멘트로 만든 동글동글한 크고 작은 통에 몸을 담그고 휴식을 취하는 여인들이 있다. 창문이 닫혔는데도 맑은 유리인지라 밖이 환히 보인다. 이 나라는 곳곳에 온천수가 솟구치는데 그 많고 많은 온천탕 중에 이런 곳이라니 야심 찬 기대가 와르르 무너진다.

노지 바위 틈에서 솟구치는 뜨거운 샘물의 새하얀 수증기가 잠시도 쉬지 않고 불어오는 바람에 하늘거리며 날아가는 모습을 기대했었다. 정글 온천은 아닐지라도 각종 식물과 나무들로 마치 정글처럼 만든 곳으로 데려다주었더라면 이렇게 실망하지 않았을 것을, 환상과 꿈이 깨어짐을 꾹 참고 물에 몸을 담그고 휴식을 취하려 해도 허탈함은 어찌할 수가 없다. 실내와 밖 어디에서나 유황 냄새는 같다. 온천수임에는 분명하다. 어쩌랴. 허망 된 욕심을 내려놓자 마음을 비우고는 곳곳을 둘러보고 실내로 들어와 맥없이 벽에 등을 대고 앉았다. 물이 어깨를 자근자근 마사지해준다. 화들짝 놀라 뒤돌아보니 벽이 빨래판처럼 홈이 파였고 물이 그 벽을 타고 흘러내린다. 물의 결이 바람결에 나부끼는 비단 커튼 같이 보인다. 벽 속으로 물을 끌어들여 밖으로 분출한다. 고운 천에 폭 싸인 느낌이 든다. 꼭 내 몸의 분비물이 알칼리성 온천수에 알알이 깨어지는 느낌이 들어 싫지 않다. 눈을 감고 있노라니 얼마 전 단풍이 흐드러지게 핀 무렵에 족욕하는 이들로 시끌벅적했던 공원 안 무료 족욕 체험 장을 생각하게 한다.

대전 유성온천은 백제 시대에 상처를 입은 병사가 온천수로 아픈 상처가 치료되었다고 알려져 있다. 조선 태조 이성계도 머물렀다는 기록도 있다. 공원 안 무료 족욕 체험 장은 섭씨 40도의 천연 온천수가 이른 아침 7시부터 늦은 밤 11시까지 연중무휴로 운영된다. 아름다운 꽃과 나무들이 어우러졌다. 족욕은 혈액순환에 좋고, 스트레스와 통증을 완화하는 효과가 있다 하여 어린이들까지 온다 한다. 나도 족욕을 하기 위해 갔다. 듣던 대로 많은 이가 뜨거운 온천수에 발을 담그고 두런두런 이야기꽃을 피운다. 온천수에 들어가기 전에 발을 깨끗이 씻고 발을 담갔다. 따끈하다. 얼마 지나니 더 뜨거운 물이 발을 감싼다. 30분 정도 지난 것 같은데 땀이 온몸에 송골송골 돋고 있음이 느껴진다. 몸의 피로가 풀리는 것 같다. 이런 느낌에 오나 보다.

이 근처 어디엔가 친정어머니와 일박하며 목욕하던 탕이 있다. 피부병에 유성 온천수가 약이라 하여 가려움에 단잠을 이루지 못하시는 어머니를 모시고 왔었다. 오십이 된 큰아들 첫돌 되기 전 이야기다. 지금 생각해도 그 물이야말로 순수 지하 화강암의 균열 층을 따라 분출되는 뜨거운 온천수였음을 확신한다. 몇 번의 목욕으로 피부병이 말끔히 나았음은 물론이고, 목욕탕을 들어서면 중앙에 불쑥 솟은 넓적한 바위틈새에서 물이 솟구치고 있었다. 흐르는 물을 가두지 않아 바위에 걸터앉아 웅덩이에 고인 물을 바가지로 퍼 몸을 씻었지. 과거로 돌아가 자연 그대로의 모습을 간직한 목욕탕에서 한번 목욕을 해보고 싶다. 첨단기술이 하루가 멀다고 개발되는 요즘 기술을 도입하지 않으면 살아남을 수 없다는 것을 잘 안다. 그럼에도 불구하고 아직도 잊지 않고 그리워하다니 어머니의 정이 그리워서인가.

또 한곳을 소개한다면, 필리핀 바기오 산골짝에서 흐르는 온천수다. 그 물은 너무 뜨거워 한곳에 받아 식힌 후에 둥근 탕으로 보낸다. 수영복이나 반바지를 입고 남녀가 한탕에 들어가 반신욕 하는 노천탕이다. 처음에는 삶은 달걀 썩는 냄새가 너무 심해 거부했었다. 그곳을 다녀와 살을 매만지면 어찌나 살결이 보드랍고 매끄럽던지 또다시 찾아가게 된다. 산기슭 봇도랑으로 흐르는 순수 온천물이 너무나 아까워 발과 손을 담그고 있으면 어릴 적 조약돌을 뒤집어가며 가재, 미꾸라지, 다슬기 잡던 생각에 돌을 들추어 보기도 했었다.

그 나라는 열대지방이라 뜨거운 온천수를 그다지 필요로 하지 않는 터라 일본사람이 골짜기에서 흐르는 뜨거운 물이 유황온천수임을 알고 개발했단다. 그곳에 갈 때마다 우리나라에 이런 온천수가 밤낮으로 솟구친다면 사업가들이 필요한 만큼 나눠 정글 온천을 만들어 많은 수익을 올릴 터라는 생각을 하곤 했다. 지금도 흐르고 있을 물을 생각하면 돈이 떠내려간다는 생각에 정말 아깝다.

이렇듯 사람도 동물도 온천수에 상처를 치료한다는 이웃 나라 묘약 물에 마사지를 받으며 온천 순례를 하고 있다.

4. 태양아 머무르라

빛의 기교는 정말 볼만하다.
오늘따라 석양의 아름다운 빛깔은
유난히 예쁘고 아름답다.

화려하게 보이는 저 자물통 주인들의 삶에도
눈물과 웃음이 번갈아 바람에 떠밀려 흐르는 구름처럼 오고 가겠지.

산소 지킴이

삶의 마침표를 찍고 자연으로 돌아와 안식하고 계신 부모님 산소에 왔다. 아직 찬 공기가 싫어 풀들도 무릎을 세우려 하지 않는데 할미꽃 한 송이가 바람에 몸을 한들한들 흔든다. 햇살이 빨리 오라고 손짓해 땅을 헤집고 나왔나 보다. 어찌나 반갑던지, 한걸음에 달려가 다정히 악수하듯 꽃잎을 만져본다. 줄기와 잎이 온통 털북숭이다. 촉감이 귀여운 새의 깃털처럼 부드럽고 어린아이 살결처럼 촉촉하다. 곁에 앉았다. 묘 언저리를 둘러보니 막 땅에서 고개를 내밀은 여린 봉오리가 사방에 있다. 검붉은 작은 봉오리라 눈을 크게 뜨고 자세히 보아야 보인다. 이 할미꽃에는 슬픈 전설이 있다.

'두 딸에게 괄시를 받은 할머니는 산 하나만 넘으면 막내딸에게 다다른다는 희망에 잰걸음으로 산마루에 올라 숨찬 목소리로 막내딸 이름을 부르다 끝내는 죽었단다. 그 자리가 무덤이 되었고 그 무덤에 핀 꽃이 이 할미꽃'이다. 슬픈 꽃이다. 꽃의 풍김과 모습이 홀로 세 딸을 키우느라 세월의 무게를 이기지 못해 등이 굽어 있고, 고개를 떨어뜨린 모습에서 사무친 그리움이 깊숙이 다가온다. 슬픔의 꽃이라지만 나는 고맙고 반갑다. 부모님 산소의 지킴이로 와 줌이.

할미꽃의 사연에 두런두런 속정을 나누고 있는데, 살아생전 말없이 수줍은 얼굴에 웃음을 가득 머금고 '어미 왔느냐. 어서 오너라.' 반가이 맞아주시던 아버님을 닮은 듯 보인다. 유난히 정이 많으셨던 아버님은 입을 다물고 계셔도 입꼬리가 올라가 항상 웃는 모습이셨다. 어머님은 성격이 직설적이라 불의를 보면 불호령이 떨어졌지. 때론 모시기가 힘들 때도 있었지만, 올곧은 인품을 잃지 않으셔서 여장부라 존경할 수 있었다. 살아생전 모습을 상상하니 환희로 다가와 그리움이 아지랑이 되어 피어오른다. 휑한 벌판에 홀로 핀 할미꽃을 두고 돌아설 수가 없어 머뭇거리고 있는데 할미꽃의 일생이 보인다. 이들이 자신의 미색을 만들기 위해서는 뿌리가 지독한 추위를 견디어야 했고, 몇 날 며칠 좋아하는 햇빛 한번 비추어지지 않으며 쏟아지는 빛줄기가 싫어 죽음 직전까지 갔다 왔을 게 분명하다. 그런 나날이 반복되었음에도 오늘에 아름다운 꽃을 피우고 양지바른 곳에 앉아 새벽이슬을 받아먹으며 밤이면 달도 보고 별도보고 머지않아 풀벌레 소리도 듣겠지.

우리 인간도 사회에서도 가정에서도 수없이 힘겨루기를 한다. 말한마디에 눈빛 하나에 토라져 많은 날을 번뇌하며 울기도 하지. 누구나 얼핏 보기에는 순탄하게 살았구나 하겠지만, 오늘이 있기까지는 수없이 욱여쌈을 당할 뻔했던 터널 같은 환경에서도 참고 견디어 오늘을 노래하지 않나 싶다.

이런저런 살아온 날을 뒤적이노라니 할미꽃의 추억이 꽃잎처럼 피어난다. 어린 시절 내가 살던 뒷동산에도 할미꽃이 지천이었다. 할미꽃은 꽃잎에 흰 솜털이 송골송골 나 빛깔을 활짝 드러내 보이지 않는다. 마치 신부가 신랑을 맞이하기 위해 면사포로 얼굴을 가린 것처럼. 속살의 고온빛깔이 더 선명해 만개한 할미꽃을 따 꼬챙이로 꽃술 한복판에 박고 꽃잎을 뒤집어 하나하나 꽂으면 진자줏빛과 꽃술의 노란색이 잘 어우러져 실제 꽃보다 더 예뻤다. 전통혼례 신부 머리의 장신구 족두리를 닮았다 하여 족두리라 이름 지어 머리에 꽂고 너는 신랑 나는 각시 소꿉놀이하던 때가 생각난다. 그 꼬마가 생판 모르던 남자의 각시가 되어 소꿉놀이 같은 신접살림을 시작했다. 한번 시작한 살림을 물릴 수 없어 지식에 덕을 덕에 절제를 절제에 인내를 더하며 살아왔다 반추해본다. 철없던 시절 소꿉놀이와 별반 다를 게 없는 것 같다.

다소곳한 할미꽃은 꽃잎이 떨어지면 고개를 도도하게 세운다. 그리곤 둥근 씨 방망이에 연한 보랏빛 암술 털을 길게 키운다. 탁구공처럼 생긴 씨방은 소박하면서도 섬세하고 우아하다. 한 송이의 꽃처럼 예쁘다. 씨가 영글수록 털이 가늘어지는 동시에 흰색으로 변한다. 꽃씨가 다 영글면 작은 까만 씨를 달고 바람에 몸을 맡기고 창공을 날아다닌다. 그 모습은 예술이다. 요즘은 어디를 가나 숲이 우거져 산에 올라도 하늘이 쪽빛이라서 햇살을 좋아하는 할미꽃이 살기에 좋은 환경이 못 되어 번식력이 강해도 귀한 꽃이 된 지 오래다.

한참을 앉아있노라니 스치는 바람에서 봄 내음이 나는 것 같다. 순풍이다. 발아래 마른 풀을 뜯어본다. 부모님의 향취로 다가오는 것 같아 가슴이 훈훈하게 다가온다. 오늘은 부모님 산소를 할미꽃에 부탁하고 가는 터라 마음이 한결 홀가분하다.

나엽의 몸짓

단풍 구경을 놓치면 가을을 놓치는 것이라기에 막내딸과 우리 부부는 화양동으로 단풍 마중을 갔다.

우람한 노송을 안고 신접살림을 방금 시작한 담쟁이가 막 걸음마를 시작했다. 깨물어 주고 싶을 정도로 귀엽고 앙증맞다. 이파리가 작아 새빨간 단풍이 들지 않았더라면 눈에도 띄지 않았을 뻔했다. 달려가 뼘으로 재보니 채 두 뼘도 안 된다. 큰 나무 밑이라 햇살도 찾아올 수 없는 습하고 음침한 나무 아래 자리한 그 조그마한 담쟁이까지 잊지 않고 물감 칠을 해주다니. 찾아준 가을의 후덕한 인심에 내 마음마저 뿌듯하다. 소나무 껍질이라 작은 손으로 잡고 오르기는 쉽겠지만 저 조그마한 체구가 혹한 한파를 이겨내고 봄을 맞이하려나. 걱정이 앞선다.

허리가 굽은 생강나무 잎이 노랗게 물들었다. 저렇게 곱게 물들이려면 나뭇잎은 매우 아프다던데 얼마나 심한 몸살을 앓았으면 저리도 고울까. 그리고 큰 나무 사이에서 아침 이슬을 받아 세수하려다 굽었나. 해도 보고 별도 달도 보느라 굽었나. 사람은 큰 사람 곁에 있으면 덕을 본다던데, 식물은 그렇지 않나보다. 가을은 허리 굽은 외소

한 힘없는 생강나무까지도 외면하지 않고 찾아와 본인이 원하는 예쁜 물감을 선물한다. 눈물겹도록 고마운 일이다. 딸이 잎을 하나 따 주며 생강 맛을 음미해보란다. 앞니로 잘강잘강 씹어 혀끝으로 맛을 음미한 결과 셋의 미각이 각각 다르다. 파란 잎이었을 때는 매운 향이 강했다는 딸의 말에 이어 남편은 맛도 향도 없다고 한다. 나는 매운맛이 혀끝에 도는 것 같다고 했다. 셋이서 손을 맞잡고 가까이에, 멀리에 핀 단풍이 풍기는 알싸한 향기에 취해 발을 떼어놓을 때마다 발밑에서 낙엽이 바스락바스락 소리를 낸다. 가을이 주는 애절한 호소로 들려 가을의 스산함이 여운으로 남는다.

도명산 자락 나무는 저마다의 색이 다 달라 어떤 나무가 단풍나무이고 참나무인지 쉽게 분별할 수 있었다. 혼합해 있는 여러 색깔 사이로 듬성듬성 푸른 소나무가 섞여 고운 단풍색이 더 선명해 꼭 나무 한 그루 한 그루가 커다란 꽃송이로 보인다. 단풍잎의 수런거리는 소리와 몸짓과 표정은 정말 예술이다. 역시 산은 멀리서 보아야 아름답다.

아침 햇살이 계곡에 내려앉으니 서둘러 물안개가 어디론가 여행을 떠난다. 물안개의 아지트였던 자리에 곱게 물든 단풍나무가 숨어있었다. 일렁이는 물결에 비친 단풍잎은 형언할 수 없으리만큼 아름답다. 산자락 가득 쏟아지는 가을 햇살을 담쏙 안은 단풍잎은 눈이 부시도록 자신의 자태를 멋스럽게 보이려고 저만의 빛깔로 우아하게 보는 이의 눈길을 유혹한다. 온 산을 멋과 향으로 물들여 놓고 자신을 과시하고 있는데, 어느 날 기온이 뚝 떨어져 그날로 자취를 감춘다면 저들은 많이 아쉬워할 것 같다. 저 단풍잎은 봄부터 숨 고를 새도 없이 헐떡이며 바쁜 걸음으로 살아왔을 텐데, 떨어지는 고운 잎의 짧은 인생에 아쉬움이 남는다.

길가에 소복이 쌓인 떡갈나무 잎을 발로 밟으니 발밑에서 바스락 소리로, 은행잎은 뽀도독 소리로, 솔잎은 그저 매끈한 촉감으로 자신을 알린다. 솔잎도 낙엽이라 불러주어야겠지. 그 또한 자기만의 몸짓인걸. 저만치에서 가을바람이 단풍잎을 따가지고 우리를 향해 달려온다. 나도 발걸음을 재촉해 재빨리 손을 내밀어 받아들었다. 그리고 친구에게 말하듯 '내가 언제 너더러 마중 나오라 했니. 내가 언제 너더러 인생을 서두르라 했니. 한번 떨어지면 다시는 돌아갈 수 없는 게 인생인걸, 좀 더 생각하고 행동에 옮기잖고. 앞으로는 후회할 일은 서두르지 마라. 아쉬움만 남을 뿐이야'라고 일러 주었다.

식물이나 인간이나 날 때부터 낙화를 예측하고 태어난다. 어느 날 나에게도 저 낙엽처럼 예고 없이 불쑥 죽음이 바람에 몸을 맡겨 공중 묘기를 부리다 땅에 내려앉듯 저렇게 찾아온다면 세월의 무상함이 서러워 상수리나무 이파리처럼 서걱서걱 목청 높여 노래하려나. 나의 인생을 사계절에 비유한다면 봄에 씨앗을 심어 여름에 자란 열매가 결실하는 가을도 가고 겨울이 오는 길목일 게다. 그렇다면 가을의 끝자락에 서 있는 나는 실한 곡식알을 영글게 하는데 맑은 햇살과 같은 삶으로 일조했나. 감칠맛 나는 좋은 과일 맛을 만드는데 최선을 다했나. 나 자신에게 반문해 보지만, 이웃이 필요로 할 때마다 풍성한 인품으로 다가가 잘 보듬지 못한 것 같다. 그럼에도 가을이 깔아 놓은 푹신한 양탄자 위에 털썩 주저앉았다.

멀리서 가까이에서 색상도 디자인도 다른 낙엽의 몸짓은 계속 이어진다. 붉게 물든 이파리가 얼굴 위에 앉는다. 손으로 잡아 앞뒤를 돌리고 있노라니 마지막 남은 풋풋한 향기로 낙엽임을 알린다.

옷을 벗는 남자

매일 옷을 벗는 남자가 이렇게 말했다.

"옷을 입고 있으면 사람의 높고 낮음이 각각 다르지만, 옷을 벗으면 평등하다. 그래서 옷을 벗은 사람이 좋다."

이 말을 한 사람은 대한민국 끝자락 해남에서 태어났다. 집이 가난해 공부할 수 없어 무작정 서울로 와서 열아홉에 옷을 벗기 시작해 삼십 년을 넘게 매일 옷을 벗는다고 했다. 맨몸을 눕혀 놓고 온 힘을 기울여 머리부터 발끝까지 앞뒤로 때를 밀고 또 마사지를 하느라 주무르다보면 직업도 보이고 성격도 보인다고 한다. 뭉친 곳을 풀어주면

"이이고 시원해"라는 이가 있고, "음" 신음으로 표현하는 이가 있는 반면, 아무리 시원해도 반응이 전혀 없는 사람도 있다고 한다. 그래서 성격을 알 수 있단다. 그리고 때의 크기와 빛깔로 직업을 알 수 있다고도 한다. 힘으로 일하는 사람의 때는 크고 노동자의 때는 굵고도 검다. 근육의 발달 부분을 보면 운동을 하는 사람인지, 머리를 굴리는 사람인지도 알 수 있단다. 몸을 섬세히 주무르면 근육이 뭉친 것인지 잘못된 종양이 크고 있는지도 알 수 있단다. 그런 손님에게는 병원을 권한다. 어김없이 의사의 손길이 필요한 몸이다. 이런 인연으로 자신

을 인정하고 고마워하는 이와 정을 나누며 세신사의 직업에 자부심을 품고 성실히 살아간다. 그러던 어느 날 초등학생 아들이

"아빠, 가정통신란에 아빠의 직업을 무엇이라고 써요?"라고 묻는다. '때밀이.'라고 적으렴, 선뜻 대답할 수 없었다. 아빠의 직업을 모를 리 없는데 막상 아빠의 직업을 '때밀이'라고 적기가 부끄러워 숨기고 싶어 하는 아들의 마음을 보았기에 아빠의 마음도 흔들린다. 사랑하는 자식이 아비 직업으로 반에서 기죽을 생각에 가슴이 아파 있는 돈을 모아 족발 집을 차렸다. 사장님 소리를 들으려고. 얼마 못 가 문을 닫았다. 그리고 다시 옷을 벗었다.

아침 마당 전국 이야기 대회에서 '몸을 조각하는 남자' 라는 제목으로 나와 우수상을 받은 주인공의 이야기다.

또다시 옷을 벗어야만 했다던 대목에서 내 뼈가 찌르르 운다. 남들처럼 좋은 옷 입고 하는 직업이 얼마나 그리웠으면 철없는 자식의 말 한마디에 그리 했겠나. 자신의 마음속에도 무지해서 택한 직업인지라 탈출하고 싶었던 마음이 독버섯같이 도사리고 있었기 때문이 아니었겠나 싶다. 아무리 직업에 귀천이 없다고 하지만 자식 앞에서만은 무게를 잡고 싶은 게 가장의 자존심이 아니겠나. 땀 흘려 모은 돈을 다 탕진하고 다시 제자리에 와 옷을 벗을 때의 고개 숙인 모습을 상상하면 지금도 애잔하다.

개뿔도 없는 거지같은 인생이라고 좌절하고 숨었더라면 오늘의 당당한 인생은 없었으리. 누구나 긴 인생을 살다 보면 업종을 바꾸어 쓴 고비를 겪는 이를 종종 본다. 다시 옷을 벗고는 때밀이 직업에 자

부심을 가지고 이렇게 말한다. 자기는 '몸을 조각하는 사람'이라고. 그런 일이 있고 난 뒤 손님이 몸을 맡기면 나이 드신 어르신은 부모님으로 보이고, 젊은이는 형제로 보여 온 힘을 다해 때를 밀고 마사지도 성심성의껏 하게 되더란다.

직업을 잡지 못해 고민하는 젊은이들에게 세신사는 이렇게 말한다. "나처럼 눈높이를 조금만 낮추면 연봉이 삼천이 넘는 직장에서 웃으며 일할 수 있다"라고 추천까지 한다. 겸손한 그의 삶은 성공한 삶이라 아니할 수 없다. 자신의 재능을 적재적소에 활용해 상대방을 만족시켜주는 것도 성공한 삶이고, 자신의 직업을 만족하며 사는 자도 성공한 삶이다. 행복은 누가 주는 게 아니다. 인생을 살아가는 데는 문벌 높은 자만이 성공한 삶이라고 말할 수 없다.

아직 나는 세신사에게 몸을 맡겨 호사해본 적이 없다. 가격이 얼마인지도 모른다. 하지만 성별만 같다면 여행 삼아 앞서 소개한 매일 옷을 벗는 그의 손에 맡겨보고 싶다. 나의 성격과 내가 무슨 일을 하며 평생을 어떻게 살았는지도 내 몸이 어디가 부실한지도 마사지하는 동안 말해주지 않겠나.

한번 실수로 소중한 돈을 다 탕진하고 직업의 소중함을 안 후 손님을 가족으로 인정하고 사랑의 손길로 보듬는 세신사의 이야기를 듣고는 세신사란 직업이 귀하게 여겨진다. 그리곤 비록 몸을 조각하는 그 조각가는 아닐지라도 내가 즐겨 다니는 대중탕 세신사에게 몸을 맡기리라 다짐하고 간다. 가서는 다음으로 미루고 돌아서며 하는 말 언젠가는 꼭 현실로 맞이할 날이 오겠지.

남산의 자물통

　녹색 향기가 물씬 풍기는 남산의 초여름 햇살은 유난히 맑다. 살갗에 닿는 상큼한 바람이 청량제 같은 느낌을 준다. 도심 한복판 광화문 광장의 탁한 어제의 느낌과는 또 다르다. 벤치에 앉아 신선한 공기로 숨을 고르고 있는데 나뭇잎 사이로 내리는 빛이 근육과 같이 딱딱한 시멘트 바닥에 무늬를 그린다. 가벼운 마음으로 빛이 그려주는 그림과 놀고 있는데 멀리서 환호성이 들린다. 소리 따라 시선을 돌리니 외국인 관광객이 무겁게 달린 자물통을 보고 놀라는 소리다. 어마어마한 저 자물통을 보고 놀라지 않을 자 누가 있으랴. 열쇠 없는 알록달록한 자물통은 남산의 명물이 된 지 오래다.

　예로부터 자물통의 쓰임은 귀중한 물건을 보관해 놓고 필요할 때만 열쇠로 열고 잠그는 것이다. 아주 옛날 안방마님은 길고 커다란 곡간 열쇠꾸러미를 허리춤에 달고 다녔다. 그러다 때가 오면 광문을 열쇠로 열고 쌀을 내주곤 다시 잠갔다. 자물통은 열쇠가 없으면 제구실을 못 하는데, 저기 달려 있는 자물통에는 열쇠가 없는 것으로 알고 있다.

　얼마나 헤어지기 싫었으면 둘만의 사랑이 도망가지 못하게 자물통에 담아 열쇠로 잠그고 이곳에 꽁꽁 묶어 매달고 열쇠를 버렸을까. 최초 연인의 절절한 예쁜 사랑이 부러워 따라 한 결과가 이토록 많아졌으리. 이곳에 달아놓으면 사랑이 정말 달아나지 않는다는 속설이 믿어져 따라 했나. 바라기는 태양 빛이 내려앉아 오색찬란하게 보이는 자물통처럼 예쁜 사랑이 이루어졌으리라 믿고 싶다. 무겁도록 달려있는 자물통으로 가 새겨진 글귀를 보려고 하늘색 통을 들었다.

'진희야 사랑해!'

짤막한 고백이다. 할 말은 많았겠지만 수줍어 세 글자로 줄여 속마음을 표현한 남자의 마음일 것 같다. 그리운 마음을 자물통에 가두어 놓고 간 그 커플은 지금쯤 사랑을 이루어 이별 없이 잘살고 있으려나. 숱한 날을 그녀와 일상을 맞추어 사노라면 예측하지 않았던 상황도 오기 마련이고, 서로 다른 감정을 밀고 당기는 동안 마음이 다쳐 마냥 그녀가 예쁘게만 보이지 않은 날도 있었으리. 그럴 때마다 이곳에 와 자물통에 새겨 넣은 마음을 열어보았나. 보았다면 순수한 초심으로 돌아가 세월이란 베틀에 아픔의 씨줄과 즐거움의 날줄 사이를 사랑의 북이 오고 갔겠지. 긍정의 상상력이 웃음을 마음에 머물게 해 자물통의 깨알 같은 아름다운 사연을 다 읽어 봤으면 하는 호기심이 생긴다.

저쪽 편에서 엄마를 따라온 유치원생 여자아이가 무슨 사연을 적었는지 꾸러미 속에다 자기의 자물통을 달려고 자리를 찾느라 요리 보고 저리 보느라 고개를 갸웃거린다. 매우 귀엽다. 호기심에서일까? 정말 바램이 간절하여서일까? 달려가 물어보고 싶다. 아이의 모습을 보면서 나도 결혼 전 그이와 왔었더라면 두근거리는 가슴으로 '그대 없이는 못 살아.'란 글귀를 새겨 그이에게 보여주고는 달았으려나? 반백 년을 넘게 살아온 현재 내 마음은 세월의 때가 덕지덕지 묻어 감정이 메말랐다. 특별히 꿈에 부푼 바램이 없어서인지 저 아이처럼 달고 싶은 마음도 없다. 수많은 자물통 중 내 것이 없어도 서운하지도 않다. 그럼에도 청춘 남녀였을 때 매달아 놓았었더라면 오늘 같은 날 두 딸과 함께 저 아이처럼 고개를 갸웃거리며 옛날에 아빠랑 이런 문구를 새겨 이곳에 달아 놓았다며 함께 자물통을 찾느라 요리보고 저리 보지 않았겠나 라는 생각은 든다. 부질없는 생각이 웃게 하는 동시에 아픈 추억이 안개처럼 피어오른다.

내 고향 인적이 없는 산기슭 외딴집 방에서 문고리를 흔들며 엄마를 부르던 여아의 애절한 울음소리가 산들바람의 등에 업혀 와 내 귓가를 흔든다. 그 엄마는 오리가 넘는 이웃 마을에 볼일이 있어 낮잠 자는 아이 방 문고리에 자물통을 채우고 잰걸음으로 다녀왔다. 잠에서 일어나 엄마를 부르며 얼마나 울었던지 시름시름 앓다가 하늘나라로 갔다. 그분이 나처럼 이 자리에 앉아 무지개처럼 보이는 자물통을 본다면, 자신의 그릇된 판단으로 자식을 죽였다는 죄책감에 가슴을 쥐어뜯어 가며 후회했던 시간이 어제 일처럼 또렷이 살아날 것만 같다. 그리고 바라보지도 못하고 돌아서지 않았겠나 싶다. 화려하게 보이는 저 자물통 주인들의 삶에도 눈물과 웃음이 번갈아 바람에 떠밀려 흐르는 구름처럼 오고 가겠지.

쓰임 받는 도구

O.5kg의 몸집이 작은 아령이 내 손에 왔다. 손아귀에 폭 안긴 느낌이 빈손 같으면서도 빈손이 아니라 팔이 힘을 느낀다. 어깨와 팔을 편안하게 늘어뜨려준다. 분홍빛이라 양손에 들고 나서면 장미꽃을 들었다 할 정도로 앙증맞고 예쁜 아령을 들고 오늘도 집을 나섰다.

매서운 골목 바람이 와락 밀려들어 나도 모르게 움칫 한걸음이 물러서 진다. 옷자락에 부딪치는 바람이 툭툭 리듬까지 탄다. 매운바람이 얼굴에 닿으니 코끝이 시려 눈물이 핑 돌지라도 삼월인지라 예쁜 꽃샘바람이려니 생각하고 맞으니 당당해진다. 이렇듯 찬바람임에도 나뭇가지를 흔들어 깨우고 양지바른 곳에서는 여린 풀들이 온몸으로 봄을 맞이하려고 수런거리며 파릇파릇한 세상을 꾸며놓겠지.

느린 걸음으로 외길만 걸어온 나의 발자취를 천천히 들여다본다. 세월에 떠밀려 여기까지 오니 근육이 굳어져 어느 곳 하나 성한 데가 없다. 망가진 물건을 수리해 재활용하듯 이제는 다독이며 보살펴야 한다. 정해 놓고 다니는 한방병원 주치의 노련한 기술로도 황폐해진 몸인지라 별 도움이 안 된다. 생각을 바꾸어 찾아간 곳이 공원에 늘비하게 서 있는 운동기구다. 전에는 바라만 보던 운동기구였다. 굳어

있는 부분에 맞는 기구에 몸을 맡기고 서서히 시작해 악 소리가 날 정도로 지압을 준다. 기계에서 내려와 몸을 흔들어본다. 조금은 유연해진 것 같다. 건강할 때는 나와는 상관없는 볼품없는 쇳덩이로 여겼는데 기계의 도움을 받아 굳은 몸이 풀어짐을 체험하니 운동기구가 달리 보인다.

요즘 들어 운동기구가 고맙다는 생각이 자주 든다. 나도 저 운동기구처럼 누군가에게 고마운 존재인적이 있었나? 자신에게 물어본다. 조각난 생각을 퍼즐 맞추듯 맞추어보니 위에 계신 분께서 내 몸을 필요로 하면 무슨 일이든 사양 안하고 도맡아 한 것 같다. 교회가 일손을 원하면 따지지도 묻지도 않고 바보처럼 살아왔다. 그렇다고 험한 일만 한것은 아니다. 연륜이 쌓일수록 영역의 길이와 너비와 폭이 늘어나 마음이 아파 괴로워하는 사람의 심리치료 상담자처럼 살았고, 세상에서 상처입어 엎치락뒤치락 괴로워하다 찾아오면 그리스도의 진리로 품어 친구가 되었지.

밤이든 새벽이든 한낮이든 자기들이 편리한 시간에 와서 기계에 몸을 맡기고 풀듯, 그분께서 그렇게 살라고 한 것 같아 그렇게 살았다. 교회에서 하는 일이면 무엇이든 다 즐거웠다. 보기에 아름답지 않으면 정돈하고, 치우고 씻고 닦았다. 험한 일이면 더더욱 앞장섰다. 교회가 좋으니 싫어할 수가 없었다. 선남선녀의 첫발을 내딛는 결혼식 전날은 낮에는 주방에서 음식을 만들었고, 밤에는 식장을 꽃으로 꾸미느라 밤을 새우며 장식하지 않았던가. 주일학교 교사 일은 오리고 자르고 붙이고 티도 안나면서 시간을 잡아먹는 도깨비 같은 날도 있었지. 내 의견과는 상관없이 교회 머리이신 그분이 시키는 것 같아 한 것뿐이다.

인생이란 새싹으로 시작해 풋풋한 젊은 날은 전쟁터 같은 세상에서 가족을 위해 살면서 때론 하기 싫은 일을 해야 했고, 만나고 싶지 않은 사람과도 만나 비위를 맞추느라 마음에 없는 말로 온갖 아양을 떠느라 에너지를 다 소진했으리. 누구에게나 녹록지 않았던 젊은 날들이 있었기에 인생의 후반을 이렇게 살 수 있음이 감사하지 않느냐며 햇볕에 마음은 너는 여유로 자기만의 삶을 찾아 운동기구를 친구로 삼는다. 오늘도 만나고 싶을 때 찾아와 노 젓기, 허리 돌리기, 하늘 걷기, 파도타기, 양팔 줄 달리기, 마라톤 운동, 몸 근육 풀기, 다리 뻗치기로 몸과 마음을 다독이며 놀고 있다.

이 운동기구는 아이들이 떼로 몰려와 짓궂게 장난감으로 가지고 놀아도 '사는 게 다 그런거지'라며 함께 놀아주고 나처럼 근육을 풀어 남은 건강을 알뜰히 챙기려 찾아와 당기고 밀고 돌려도 사양하지도 거부하지도 않는다. 마치 한 송이 백합화가 예쁜 꽃을 피우기까지는 한 곳에 뿌리를 내리고 온갖 풍파를 겪어야 하듯, 운동기구는 한 곳에 묵묵히 서서 묻지도 따지지도 않고 찾아와 주는 이를 다 반긴다. 나도 철없던 시절 진리가 가슴에 박히기 시작한 때부터 허술한 몸이 되기까지 내 몸을 그렇게 교회를 위해 내놓았었다. 다시 말하지만, 아침 일찍 날갯짓하며 먹이를 찾는 부지런한 새처럼 진리가 존재하는 곳이라면 지혜로 하는 일이든, 힘으로 하는 일이든, 시간을 투자하는 일이든 귀찮다는 생각이 들지 않았다.

그렇게 살아온 현재의 삶은 무엇을 먹을까, 무엇을 입을까 염려를 안 해도 나의 생활을 교회가 책임진다. 교회를 위해 쓰임 받았던 날들이 참으로 고맙다. 남은 날도 저 운동기구처럼 이른 새벽 해 돋는 때부터 해 질 때까지 시작도 끝도 없이 남녀노소에게 부지런히 쓰임 받는 도구처럼 그렇게 살리라.

기계화된 세상

　이른 아침 거실 바닥에 비스듬히 누운 고운 햇살이 날아갈까 봐 애수의 눈빛으로 바라보고 있는데 딩동딩동 벨이 나를 부른다. 현관문을 연다. 집배원이 재산세 용지를 준다. 기별도 없이 찾아온 손님 같아 덜컥 걱정이 앞선다. 지난해 은행전자기계 앞에서 끙끙대며 반복하는 내 모습을 보고 직원이 웃음지며 다가와 도와주던 모습이 뇌리에 물결 되어 넘실거린다. 몇 해를 두고 남의 도움을 받는 자신이 한심해 쓴웃음을 피식 웃는다. 실수하지 않으리라 다짐하며 재산세를 내기 위해 남편 통장을 들고 은행으로 갔다.

　전자기계로 가서 '지방세 조회 납부'를 누르고 통장을 넣었다. 본인 통장인 것을 확인하란다. '본인'을 눌렀다. 정정과 취소란 글자가 뜬다. '정정'을 누르고 비밀 숫자를 누르니 고지서 액수와 동일한 금액이 창에 뜬다. '확인'을 누르니 납부되었단다. 알고 나니 이렇게 쉬운걸. 그리고 빨라서 좋은걸. 할 수 있을까 근심 걱정 염려로 소란했던 생각이 하얀 안개처럼 가을 하늘로 날아간다. 알고 나니 빨라서 좋다.

　은행을 나와 집으로 오는데 IT 강국이 된 우리나라의 눈부신 발전이 감사하다. 그럼에도 여름날 시원한 에어컨 바람 앞에서도 자연 바람이 그립듯이 소란함이 들끓는 시골 장터 같은 편안함이 배어있는 옛날이 그립다. 아파트로 이사 오기 전 단독주택에서는 집배원이 대문 곁 빨간 우체통 옆에서

"편지요."라고 나를 불렀다. 하던 일을 제쳐 놓고 달려가 웃음으로 반겼고 때론 시원한 물로 정도 나누지 않았던가. 은행에 가도 은행원이 '어서 오세요.'라고 인사를 하고 용지를 받아들며 '세금이 꽤 되네요. 부동산이 많으신가 봐요. 재산세 낼 달이 오면 걱정이 되지요.'라는 정담이 오고 갔다. 기계화되어가는 세상이 좋으면서도 삭막하다는 생각이 든다.

얼마 전 문학회 재무가 회비내역서를 카톡에 올렸다. 회비를 내지 않은 회원이 반수가 넘는다. 스마트폰이 연신 카톡카톡 울린다. 한참 뒤 열어보니 '송금했습니다.'라는 문자다. 다음날 회비 내역서가 또 떴다. 거반 다 완납했다. 시간대가 은행 문이 닫힌 금요일 저녁이었다. 폰뱅킹으로 전송했음을 알 수 있다. 남은 사람은 나를 포함해서 네 명, 그중에는 장기결석자도 있다.

배워 사용했더라면 오늘 같은 수치는 당하지 않아도 될 것을 전에는 옆자리에 앉아서 돈을 부치는 모습을 봐도 대수롭지 않게 생각했다. 스마트폰을 손에 들고도 사용할 줄 몰라 뒤처진 자신이 한심해 살짝 얼굴이 달아오른다. 폰뱅킹을 배워야겠다. 다짐하고 월요일 아침 은행을 찾아가 송금하고 아가씨에게 물었다. 폰뱅킹을 신청하고 싶다고 신청은 해 드릴 수 있지만 하실 수 있느냐고 묻는다. 선뜻 대

답하지 못하고 망설인다. 그럴 것이 재산세 납부는 일 년에 한 번이라 몇 해를 거처 겨우 어저께 홀로 하지 않았던가. 창구에서 돈을 인출하는 것은 한 달에도 두서너 번 사용해 잊지 않고 사용하지만, 폰뱅킹 역시 배운다 해도 일 년에 한두 번 사용할 텐데 사용할 수 있는가. 나도 나에게 묻고 있다.

스마트폰이 처음 나왔을 때는 집을 나와서도 걸고 받을 수 있다는 게 좋았다. 요즘은 스마트폰이 생활용품이 되어 손에 들고 다니며 TV, 음악, 인터넷, 은행 역할까지 온갖 시스템을 장소와 시간에 구애받지 않고 다 사용할 수 있다. 스마트폰 하나만 들고 다니면 만사가 해결된다. 어디 그뿐인가. 아무리 멀리 있어도 마주 보고 이야기하듯 얼굴을 보며 이야기하는 세상이 되었다.

기계화되어 가는 세상이 좋기도 하고 두렵기도 하다. 어렵사리 배워 겨우 사용할만하면 신형에 밀려 노화돼 있다. 너무나 빠르게 변해 자고 나면 어제가 과거가 된다. 몇 해 전만 해도 컴퓨터만 할 줄 알면 다된 줄 알았는데 벌써 옛이야기가 된 지 오래다. 배우지 않으면 누구라도 세상과 단절된다. 빠르게 기계화되는 세상에서 살려면 오늘 배워 내일 잊어도 배워야 한다.

어려서 듣던 말 중에 '한글을 모르면 문맹인'이라 했다. 그 시절 젊은이들은 책이나 신문을 손에 들고 다녔다. 지식인으로 보여 왜 그리 부럽던지. 그 시절은 오지 않겠지. 아니 와서는 안 되는 줄 알면서도 한가로이 책장을 한 장 한 장 넘기며 여유로운 마음으로 천천히 읽던 낭만도, 그리운 마음의 감정을 손 글씨로 정성스레 써서 밥풀로 봉하고 우체국을 찾아가 붙이던 그 옛 시절이 그립다.

지금은 기계가 사람을 지배하는 건지, 사람이 기계를 지배하는 건지 거리를 나서면 어른이나 아이 할 것 없이 공공장소에서도, 버스 안에서도, 길을 걸어가면서도 스마트폰에 시선이 꽂혔다. 스마트폰이 손에 들려있지 않은 사람은 어김없이 귀에 이어폰이 끼어 있다.

모두가 기계에 노예가 되어있는 것 같다. 시대에 뒤떨어진 말이라 하겠지만 현대적인 문명보다는 넉넉함과 푸근한 정이 배어있는 구시대 정서가 나는 왠지 그립다.

주인 잃은 돌구유

　십 수 년 나의 수족이 되어준 애마와 마지막 여행을 하기 위해 친정집을 택했다. 애마를 처음 만나 설레는 마음으로 자신 있게 갈 수 있었던 길도 이 길이었다. 초보인지라 콩닥거리는 마음을 진정시키며 앞만 보고 가느라 주변이 그때는 보이지 않았었다. 오늘은 푸른 하늘도 보인다. 가을걷이가 끝난 한적한 들녘에 이따금 남겨진 배추가 몸을 웅크리고 마지막 힘을 다해 서있다. 애타게 주인을 기다리고 있는 듯하다. 바라보기가 애잔하다. 사랑과 정성으로 가꾼 채소를 폐기처분 하는 주인의 마음은 나보다 더 아릴 것 같다.

　햇살을 안고 한참을 달려 옛집 대문을 열고 마당에 들어섰다. 마당 한 모퉁이에 밀쳐둔 투박하고 묵직한 돌구유가 반긴다. 이 돌구유는 아버지의 손때가 묻은 유품이다. 금방이라도 '막내 왔냐? 어서 오너라.' 라며 말을 건넬 것만 같은 예감이 든다. 손으로 보듬다 아버지와 포옹하듯 양팔을 벌려 감싸 안아본다. 하도 큰지라 품에 들어오지 않는다. 이 구유처럼 아버지의 품도 참으로 넓었다. 한 치 앞도 가름할 수 없던 삶의 능선에서 뿌연 안개 속을 떠돌다 와도 '넌 현명한 아이니까 믿는다.' 이 한마디만 하실 뿐 어떤 질책도 싫은 내색도 하지 않으시고 기다려주던 아버지가 아니던가.

이 구유도 아버지의 인품을 닮았는지 오랜 세월 밖에 냉대하듯 아무렇게 두었어도 징으로 쪼인 작고 큰 홈에 먼지와 이끼가 곰보딱지처럼 쌓였을 뿐 황폐해지지 않았다. 눈과 비바람조차 품어 안고 지킴이처럼 견고하게 잘 버티고 있음이 아버지의 골 깊은 삶을 보여주는 것 같아 미안하면서도 고마워 고개가 숙여진다. 초라한 돌구유의 이 모습을 아버지가 보면 아버지의 마음도 이러하려나.

돌구유가 아버지의 삶을 이야기한다. 아버지와의 만남이 먼저 시작된 터라 이 구유의 나이를 우리 형제 중 아는 이가 없다. 얼핏 보아도 한쪽 면이 반질반질하다. 얼마나 많은 날을 소가 여물을 먹느라 혀로 핥고, 목덜미로 스쳤으면 단단한 돌이 닳았을까. 우리 집은 나무구유와 돌구유가 나란히 있었다. 이 돌구유는 황소 밥그릇이었다. 밭갈이하기 위해 힘센 소가 필요했고 언제나 예비로 작은 소를 길렀다. 한 외양간에서 두 마리가 정답게 지낸다. 바쁜 농번기에 소를 데려다 하루 부리면 소를 빌려간 사람은 이틀을 일해 주었다. 이처럼 소는 우리 집 일손을 돕는 듬직한 장정 같은 가족이었다. 아버지는 늘 소와 대화를 하셨다.

"오늘은 순이 아범^{머슴}과 갑돌이네 밭갈이를 하고 오너라. 그 사람은 너의 성품을 잘 아니 힘들지 않을 게다. 내일은 갑순이네 집일을 해야 한다. 아침밥을 든든히 먹으렴." 말을 할 때는 피부를 마사지해 주며 어린 자식을 타이르듯 당부하셨다. 일을 마치고 돌아올 소를 위해 언제나 구유에 물을 준비해 놓고 기다렸다. 단숨에 쭉 들여 마시고는 고개를 들고 크게 숨을 푹 내쉰다. 하루의 일과를 잘 마치고 왔다며 아버지께 보고 하는 것처럼 보였다. 아버지는 소가 물 마시는 모습을 보고 그 날의 노동의 량을 진단하셨다. 물을 먹고도 지쳐있는 모습을 발견하면 '얼마나 갈증이 심하고 힘들었으면 저러겠나. 말 못하는 짐승이라고 마구 다루느냐'며 가슴 아파하셨다. 그리고는 두 번다시 소를 빌려주지 않았다. 이처럼 아끼시는 소의 밥그릇일진대 어찌 소중한 보물이 아니었겠나.

구유를 보듬고 있노라니 아버지의 손길과 맞닿은 듯 가슴에 평화가 가득 차오른다. 아버지 유품인 돌구유의 한 세대는 갔다. 현재는 조카가 소를 기르지 않으니 쓸모가 없어 마구간에서 마당으로 마당에서 담장 밑으로 밀쳐놓았다. 그럼에도 견고하게 자리하고 앉아 지나간 것은 지나간 대로 의미가 있었다며 젊디젊은 주인을 원망하지 않고 집안 대소사 모든 일을 지켜보고 있다.

거실로 들어와도 외톨이가 되어 외롭게 홀로 있는 구유에 시선이 멈춘다. 친정에 와서 구유를 볼 때마다 취하고 싶은 욕심에 우리 집이 단독주택이었으면 좋겠다는 생각이 든다. 마당이 있는 집을 소유할 수만 있다면 마당을 작은 정원으로 꾸미고 돌구유를 가져와 햇살이 잘 드는 한적한 곳에 놓고 예쁜 금붕어를 기르고 싶다. 밤에만 핀다는 야한 연을 물 위에 띄워 식물과 물고기의 아늑한 보금자리도 만들고 싶다. 그렇게 한 가족이 되어 낮에는 금붕어와 도란도란 이야기하고 밤에는 꽃과 속삭이며 사노라면 아버지가 밭이랑 가실 때

"이~얏. 어~저저. 워~워." 하시며 소와 대화하던 아버지의 음성이

매일 들릴 것만 같다. 코를 벌름거리며 소죽을 다 먹고도 남은 물 한 모금까지 긴 혀로 싹싹 핥는 소리가 정원 가득 맴돌면 어린 시절 내 고향 집처럼 구유도 평안을 느낄 것 같겠다는 상상을 해본다.

계단을 즐겨 걷는 사람

계단을 걸어 올라가면 건강은 올라가고 체중은 내려간다는 뉴스를 보도 한다. 계단 걷기는 뇌 기능에 좋아 치매 예방도 되고, 유산소 운동과 무산소 운동을 동시에 하는 효과도 있고, 심폐기능 향상과 근력을 키우는 데도 좋다고 밝혀졌다. 그리하여 요즘은 너도나도 계단을 오른다. 그리고 몸맵시가 아름다워진다는 말에 여성들의 심리까지 유혹한다.

젊어서부터 홀로 계단을 즐겨 걷는 사람이 있다. 그가 계단 걷기 운동을 선택한 것은 짧은 시간에 효율적으로 운동하려는 게 이유이다. 사무실에서 직무를 보다 몸이 찌뿌듯하거나 졸음이 오거나 머리가 복잡하면 밤과 낮을 구분하지 않고 계단을 30분 정도 걷는다. 때론 옥상까지 가 맨손체조로 몸까지 푸는 날은 일광욕까지 받았다며 좋아했다. 온몸에 땀이 촉촉이 풍기면 머리도 맑아지고 기분이 상쾌해 다시 집중할 수 있어 좋다고 했었다.

치매 예방에 도움이 된다는 보도가 나를 계단으로 내몬다. 오늘 내가 걷는 계단은 현관부터 옥상까지 68계단, 지하를 포함하면 88계단이다. 올라갔다가 내려오는데 5분. 앞서 걷기를 즐기는 사람처럼 30

분을 걸으려면 6번을 올라갔다 내려와야 한다. 이 건물에는 엘리베이터가 없다. 88계단을 세 번 오르내리니 숨이 차 더는 걸을 수가 없다. 계단 걷기가 이렇게 힘이 소모되리라고는 상상도 못했다. 포근하게 발바닥을 받아주지도 않는 딱딱한 시멘트 계단만 바라보고 걷다보니 지루하고 따분하다는 생각이 든다. 며칠 걸었는데 포기하고 싶다는 생각이 벌써 들락날락 한다. 홀로 걷는 그 사람이 두꺼운 껍질 속에 무섭도록 내공을 쌓아가고 있는 웅장한 나무 같다는 생각에 존경스러워 우러러 보인다.

그 혼자서 걷기를 즐기는 그 사람은 시각 일급장애인이다. 현재는 누구의 도움이 없으면 문밖출입을 할 수 없다. 그럴지라도 남의 도움을 받지 않고 혼자서 자유롭게 걸을 수 있는 장소다. 이곳은 그 옛날 시간을 단축하기 위해 걸어 익혀둔 그리움이 아슴푸레 배어있는 계단이다. 밝은 눈으로 보아온 친근하고 고요한 선이 포근하게 맞아주는 낯익은 계단이라고 자랑하는 곳이다. 과장이 아니라 사실이 그렇다. 본인이 온 힘을 기울여 지경으로 건축한 건물이기에 어느 곳에서나 마음의 눈으로 맞춤할 수 있는 부드러운 곡선이 촉감으로 닿기 때문일 게다.

그도 젊어서는 사물을 밝히 보았다. 곱게 물든 단풍잎이 굴러다녀도, 이른 봄 새싹이 돋아나는 풀포기를 보고도 시적 감성으로 절묘하게 표현을 했었지. 그런 시력이 차츰 밤이 칠흑 같이 느껴진다 하여 안과를 찾았다. 유전성 야맹증이란 판정을 받았다. 야맹증은 세포가 늙지 않게 하는 것이 묘약이라며 눈을 혹사하지 말고 푸른 자연을 벗하고 살라 했다. 그럼에도 낮은 낮대로 밤은 밤대로 사무실에서 책과 독대하며 살지 않았던가. 세월이 쌓일수록 빛이 뭉텅뭉텅 잘려나간다 하여 유명하다는 병원을 다시 찾았지만, 망막색소변성증이라는 진단을 받았다. 의학으로는 아직 치료방법이 없다는 말만 들려준다.

처절한 절규의 말을 들은 후 서서히 홀로 살아가는 방법을 찾는다. 은퇴를 삼 년 앞당긴다. 그리곤 본인에게 맞는 첨단시스템을 찾는다. 자신에 맞는 시스템을 찾은 후 생활에 적용하며 지혜롭게 잘 살아간다. 은퇴한 지 15년이 지난 지금도 옛 일터에서 일주일에 세 번은 그 사람이 꼭 있어야 하는 모임도 있다. 한 달에 한 번 이상 강단에도 선다. 그는 앞만 못 볼 뿐이지 마음이 병들지 않았다. 아주 건전한 정상인처럼 살고 있다. 그렇게 당당히 살아가는 모습을 본 그의 대학생 손녀가 세상에서 제일 훌륭한 사람은 우리 할아버지라고 글로 표현했다고 한다. 그의 가족은 집을 나서면 으레 손을 잡고 걷는다. 계단이 나오면 "할아버지 계단." 시작과 끝만 일러준다. 폭이 넓으면 넓다고 가파르면 가파르다고 말로 알려주면 손잡고 나란히 걷는다.

우리나라는 땅이 좁아서인지 어디서나 새로 증축되는 건물은 다 고층건물이다. 그래서 친근하게 눈에 다가오는 게 계단이다. 계단 걷기가 몸의 균형도 잡아주어 몸에 좋은 운동이라지만, 퇴행성 관절을 앓는 이에게는 계단이 압도하려는 복병으로 보일 뿐 그윽하고 단아한 곡선으로 보이지 않을 것 같다. 나는 시각장애인도 퇴행성 관절을 앓는 환자도 아니다. 그럼에도 잠시 계단을 걷고는 어려서 살던 마을의 모나지 않은 끊일 듯 말듯 이어지는 편안한 구부러진 길을 그리워

한다. 지금도 산책로에서 고즈넉한 흙길을 만나면 옛 동무를 만난 듯 그리움에 취해 콧노래가 절로 나오곤 하지 않던가.

젊어서부터 시간을 아끼려고 계단을 즐겨 걷는 사람은 바로 내 남편이다.

꿈은 꾸는 자의 것이다

하루 중 가장 아름다운 시간이 해가 지기 직전이라던데, 인생도 젊어서는 패기와 용기로 가슴 뜨겁게 살다 나이 들어 고요한 마음으로 마무리함을 어찌 노을빛과 같다 하지 않으랴.

없는 집 팔 형제의 맏며느리로, 종부로 고생하던 아내를 살뜰히 보살펴주지 못해 늘 빚진 마음이었던 남편이 퇴임 후 72세에 운전면허증을 소유해 아내를 옆자리에 태우고 둘이서 여행을 즐긴다.

우리도 은퇴를 앞에 놓고 차후의 삶을 준비하기 위해 고즈넉한 시골집을 찾는다. 푸른 숲이 우거지고 계곡물이 흐르는 맑은 공기가 노니는 마을, 이곳이면 좋겠다. 마음을 다잡고 사방을 알아보면 언제고 차편이 문제가 된다. 그럴 때마다 운전 면허증이 절실히 필요하다고 느껴진다. 날이 갈수록 남편의 승용차를 운전하고 싶은 꿈이 조용히 마음속에 찾아와 자리 잡는다. 소리 없이 새벽마다 운전면허시험에 도전할 용기를 달라고 간절히 소망하고 있음을 깨닫는다. 아무도 모르게 밤마다 나름대로 준비해 조심스레 시험장에 들어섰다. 또래 연수자가 쌀에 뉘처럼 섞여 있다. 학과시험에 탈락한 흔적인 인지가 여러 장 붙은 번호표를 들고도 서로 격려하며 당당히 재도전하는 모습이 보인다. 그들 덕분에 소심한 성격이 힘을 얻는다. 몸은 비록 늙었을망정 꿈이 살아 있는 그들의 열정을 눈빛에서 보았다. 한결 마음이 가뿐해진다. '그래 이거야 기죽지 말자. 나도 할 수 있어!' 자신에게 용기를 준다.

시간이 되었다며 우르르 교실로 들어간다. 따라 들어가 맨 뒤에 앉았다. 답안지가 책상 앞에 놓이기 직전 짧게 속삭인다. '합격할 때까지 이 자리에 앉아 있을 겁니다. 두 번 반복하지 않도록 해주세요.'라고. 야무진 각오를 위에 계신 그분이 들으셨는지 두 번 반복하지 않도록 해주셨다. 더는 숨겨서는 안 될 것 같아 필기시험 합격증을 들고 남편 사무실을 찾아간다. 오늘이 있기까지의 내 생각을 상세히 들려준다. 나이가 많다는 이유로 한마디로 거절당한다. 포기하기에는 이미 너무 멀리 왔으니 지켜봐 달라 부탁하고 그날로 막내딸을 앞세워 학원에 등록한다. 새벽마다 학원을 오가며 돈과 시간을 많이 들여 장시간 연수할 형편이 못되니 이번이야말로 재시험이 있어서는 안 된다며 연수를 받는다.

급기야 운전면허증을 받았다. 깨알 같은 글씨를 읽어 내려가다 십 년 후 갱신해야 한다는 글씨를 발견하는 순간 십 년까지 차를 운전하고 다닐 수 있으려나 라는 생각에 피식 웃는다. 머리에 스쳐 가는 십 년의 세월은 아주 멀리 있는 줄 알았다. 그렇게 꿈을 실현해 중형차를 친구삼아 동행하는 동안 십 년을 훌쩍 넘어 2012년 4월 15일을 넘기지 말라는 쪽지가 날아왔다. 갱신에 필요한 것을 준비해 집 근처 지구대를 찾아가 민원실 담당자에게 면허증 갱신하러 왔다고 하자,

"자녀 심부름 오셨나요?" 묻는다. 말없이 내미는 신분증과 면허증을 받아들고는 사진과 대조하느라 몇 번이고 번갈아 아래위를 훑어본다.

"현재 운전을 하신다고요? 하실 수 있으세요?" 서류도 작성해야 하는데 작성할 수 있겠느냐며 내심 마음이 놓이질 않는지 허둥대며 볼펜을 찾느라 분주하다. 못 믿겠다는 젊은이에게 내 가방에서 볼펜을 꺼내 작성한 서류를 던지고 나왔다. 그의 시선과 말이 거슬린다. 면허시험장에서도 나이 제한은 없는데 그동안 얼마나 늙었으면 얼마나 초라해 보였으면 못 믿나.

지구대를 나왔는데도 귓가를 맴돌아 마음이 무겁다. 집을 향해 터벅터벅 걸어오는 내내 나이를 잊고 살았나. 갑자기 자신의 모습이 궁금해진다. '화장은 했나? 옷차림이 늙어 보였나?' 손거울을 꺼내 보고 싶은 충동이 불현듯 일어난다.

하기야 나무의 나이테처럼 은백색의 머리와 얼굴의 주름이 말해주니 나를 보고 놀라는 일은 어제오늘 일이 아니잖나. 십 년 전 면허증을 들고 사무실에 나타나

"나 면허증 취득 했어"라는 말에 첫인사가 몇 번 만에 붙었느냐고 물어 "한방에" 모두 다 못 믿겠다는 얼굴이었잖아. 운전대를 잡은 나를 바라보는 지인들이 신기해하며 기네스북에 오를 빅뉴스라 했지. 요사이 거울 앞에 앉으면 노인이 거울 안에서 나를 바라보고 있음에 저도 놀라면서. 아래위를 훑어보며 성의 없이 내뱉는 젊은이의 말에 기죽을 필요는 없잖아. 두 개 전지의 극과 극을 맞닿게 연결하면 불

이 켜지듯이 71년의 세월을 담느라 낡은 포대가 된 몸일지라도 신께서 주신 가능성과 잠재력을 가슴 한켠에 품고 있는 한, 열정이란 꿈이 맞닿으면 언제고 꿈은 현실로 나타난다. 그러니 꿈은 꾸는 자의 것인 것 같다.

64세에 운전면허시험에 합격하려고 5년을 하루 같이 시험에 도전한 차사순 할머니. 그는 959번 탈락하고도 꿈을 이루기 위해 재도전을 거듭해 960번째 합격했다. 그녀는 차비와 인지 대금을 벌기 위해 시장에서 날마다 나물을 팔아야 했고 나물 판돈이 모자라 아파트 청소까지 해야 했단다. 인지대금과 왕복 교통비가 웬만한 자동차 값보다 많아 배보다 배꼽이 더 큰 삶을 살았다고 흉보겠지만, 나는 그렇게 생각하지 않는다. 어느 독지가는 차사순 할머니의 집념에 감격해 승용차까지 선물하지 않았던가.

이렇듯 고희의 할아버지도 진갑을 넘은 할머니 그리고 회갑인 나이들은 마음속에서 일어나는 꿈을 현실로 가져와 본인의 것으로 만들었다. 사람에겐 누구나 무한한 가능성이 잠재해 있다. 꿈을 꾸는 데는 과거나 현재나 미래에도 나이 제한이 없다. 대한민국 국민이라면 누구나 차 할머니의 집념과 끈기에 도전해 보라. 꿈은 꾸는 자의 것이다.

태양아 머무르라

동짓달 스무 나흗날 오후 3시경, 서쪽의 태양이 보름달처럼 몸을 키우고는 비스듬히 누워 운전기사를 뚫어지라 바라보는 시간대다. 그리고 속력을 내 달릴 때다. 태양의 발걸음이 어찌나 빠른지 달리기를 기뻐하는 장사 같이 보인다. 그리고 그 걸음을 따라잡으려고 색안경을 쓰고 운전하는 아들의 마음은 신방에서 나오는 신랑과 같은 기분으로 130km~150km 넘나들며 많은 차를 따라잡는 것으로 느껴진다. 그 모습을 지켜보는 어미의 마음은 너무 빨리 달리는구나 불안해하고 있는데 나를 바라본 윗분이 여호수아가 외쳤던 음성을 듣게 귀를 열어준다. '태양아! 너는 이대로 머무르라. 달아! 너도 이대로 그리할지어다.' 나도 여호수아와 똑같이 '태양아! 너는 이대로 머무르라. 달아! 너도 이대로 그리할지어다.' 마음속으로 외쳤다. 그리곤 그분께 가족의 운명을 맡겼다.

흩어져 살던 사 남매가 가족 여행을 하기 위해 자가용 네 대로 출발했다. 직업도 거주하는 도시도 다르다. 여행을 마치면 각자 집으로 돌아가기가 편리하다며 자가용으로 결정했다. 목적지는 새만금 대명 콘도다. 세 대가 먼저 떠났다. 내가 탄 차는 한 시간 늦게 출발했다.

앞서간 차에서 전화가 온다. 어디쯤 오느냐고 빨리 만나고 싶어 앞서간 차를 따라잡느라 빠르기가 태양은 하늘 길에서 자가용은 탁 트인 고속도로에서 경주하듯 하여 태양이 속도를 줄여주었으면 하는 바람에서 외쳤었다. 평소 한 치도 교통 법규를 벗어난 적이 없던 사람임을 나는 잘 알고 있다. 급한 마음에 자신도 모르게 흥분했었나 보다.

다시 전화가 온다. 바람이 많이 불어 아이들이 추워해 숙소로 간다고. 그럴 것이 새만금 길 양쪽이 바다다. 태양과의 거리가 멀어져 가는 때라 바닷바람이 마구 흔들어줄 텐데 어찌 춥지 않겠나. 우리도 기대와 설렘을 포기하고 정해놓은 숙소를 향해 방향을 돌렸다. 차 안에서의 주고받는 소리를 들었는지 태양도 경주를 포기하고 여흔 빛을 쉼 없이 뿌린다. 아니, 나누어 준다. 저 빛은 꿈이고 희망이며 용기다. 그리고 삶의 이상이다. 석양과의 만남이 마냥 즐겁다. 고마운 마음을 담아 명상에 잠긴다.

활활 타는 태양은 온갖 생명이 숨 쉬는 지구를 뜨거운 가슴으로 안고 하루를 연다. 오늘도 하늘 이 끝에서 저 끝까지 한순간도 멈출 줄 모르고 광활한 붉은빛으로 말없이 달리고 있다. 아침에 떴다 지는 태양이 인생의 긴 여운 같다는 마음이 든다. 우리의 삶도 누구에게나 동일하게 봄에 마실 나온 따스한 햇볕처럼 꿈을 안고 즐겁게 시작하지. 중천에서 뜨거운 열로 자신의 욕망을 키우느라 이글거리며 한 치의 양보도 없이 더 큰 것을 소유하려고 더 높이 오르려고 앞을 향하여 달려가는 동안 저녁노을로 삶을 이별하는 게 아니던가. 하루의 결이 삭아 점점이 소실점으로 가는 노을처럼, 우리네 인생행로가 그와 같지 않나 싶다.

태양은 구름 사이로 얼굴을 묻는다. 시간이 흘렀다. 산 사이로 얼굴을 반쯤 내밀고 우리를 바라본다. 숨바꼭질하자고 청하는 것 같다. 나도 석양을 포기하고 태양이 시작한 숨바꼭질 놀이마당으로 갔다. 크고 작은 산봉우리 사이로 둥근 얼굴을 숨겼다 보였다 할 때마다 태양의 꼬리가 굵게, 짧게, 때로는 하늘 높이 폭죽을 쏘기도 한다. 빛의 색채도 다양하다. 이쪽에서 보면 파란빛, 다른 한쪽은 주황빛, 흰 구름에도 고운 빛깔로 옷을 번갈아 입혀준다. 빛의 기교는 정말 볼만하다. 오늘따라 석양의 아름다운 빛깔은 유난히 예쁘고 아름답다.

붉은 해는 싫증이 났는지 아니면 우리와 헤어짐이 아쉬워 작별인사를 하려는지 산마루에 걸터앉는다. 그리곤 긴 꼬리를 펴 하늘을 붉은빛으로 물들여 놓고는 느린 걸음으로 서서히 산 아래로 숨는다. 나는 숨을 죽이고 기다린다. 마지막 남은 힘을 다해 창공을 향해 한 줄기 빛으로 양궁선수가 과녁을 향해 화살촉을 날리듯 아주 가늘고 길게 쏘아 날린다. 태양이 손사래로 인사하듯 보인다.

5. 정원의 주인이고 싶다

벗꽃잎이 흰 눈처럼 팔랑거리며 날다
땅으로 내려앉는다.
마당 한가득 쌓인 순백색이 참으로 영롱하다.

지금이 바로 내 생애의 가장 값진 시간이라 생각하며
가벼운 마음으로 산책하듯 걸으리라.

세상에 이런 일이

칠십 고개를 넘은 지 오래인 내가 우리 교회 아동센터 주방에 들어와 앞치마를 두른다. 두를 때마다 소녀처럼 가슴이 설렌다. 앞치마를 두르고 주방에 들어선지 일 년이 넘었음에도 매번 메뉴판 앞에 서면 긴장이 된다. 태반이 만들어본 음식인데도 이름이 생소하게 보일뿐더러 맛과 향과 빛깔을 무엇으로 살리나 떨린다. 그럼에도 설렌다니. 기이한 일이다.

왜일까? 막내가 학교 갔다 돌아오면 친구 엄마처럼 엄마도 집에 있었으면 좋겠다는 말을 자주 했었다. 빈집이라 오기 싫다고도 했다. 막내의 말이 사 남매 모두의 마음이었을 텐데 한 번도 기다려 주지 못했다. 할머니가 된 지금도 막내의 말이 귓가에 맴돌 때마다 가슴으로 울었다. 비가 오는 날이면 우산을 들고 교문에서 기다리고도 싶었다. 자식이 돌아올 즈음이면 좋아하는 음식을 두 손으로 조물조물 조각품을 만들듯 정성껏 만들어 놓고 반가이 맞아주고 싶었다. 이런 속마음이 아직도 잠재해 있어 직장 일로 자식을 보살피지 못하는 엄마의 심정으로 내 자식에게 해주지 못한 음식을 남의 자녀에게 먹이며 대리만족을 누리는 마음을 설렌다 표현했으리.

요즘 어린이들의 입맛은 까다롭다. 맛도 정확히 말한다. 모양과 빛깔도 예사로 보지 않는다. 그런 아이가 자기 입맛에 맞으면 해맑은 얼굴로 접시를 들고 풀 방구리에 생쥐 드나들듯 한다. 이런 아이들의 모습을 바라볼 때면 행복하다. 그러면서도 떠오르는 얼굴이 있다. 나의 사 남매 얼굴, 가슴이 아리도록 미안하다. 내 일에 충실하면 어미 노릇도 다 하는 줄 알았다. 왜 나는 일찍 어린 자식의 마음을 읽지 못했나. 요즘 아이들처럼 자기 의사 표현을 좀 더 강하게 했었더라면 하는 아쉬움도 있다.

내가 아는 지인 중 어떤 여인은 가정에서 요리 만드는 시간이 즐겁다 했다. 식당에서 처음 접하는 음식을 만나면 맛과 빛깔과 향과 모양까지도 먹고 와서 그 음식을 똑같이 만들어 상에 올린다 했다. 아내의 밥상을 받는 남편은 자식 수저에 반찬을 올려놓으며 어저께 엄마랑 먹은 음식 맛보다 더 좋다며 칭찬을 한다했다. 그 여인의 사위도 우리 장모님은 식사 한번 대접하면 몇 번을 더 먹을 수 있어 맛집 갈 때는 아내보다 장모를 모시고 간단다. 평소 그 여인을 많이 흠모했었다.

세상에 이런 일이 요즘은 가족이 모이면 센터에서 만들었던 생소한 음식을 만들어 식탁에 놓는다. 딸들은 엄마가 이런 음식도 만들 줄 아느냐며 즐겨 먹다가도 엄마 나이가 얼만데 우리를 위해 음식을 만드느냐며 더는 만들지 말란다. 앞서 말한 그 여인처럼 자식이 철들기 전 일찍 만들어 먹였더라면 더는 만들지 말라는 말 대신 맛이 좋다며 또 만들어달라고 했을 텐데. 그리고 먼 훗날 엄마의 손맛을 떠올리며 이야기하지 않겠나. 할머니가 된 지 오래인 나도 지금도 어려서 어머니가 해준 음식 맛을 아직도 또렷이 기억한다. 입맛을 잃으면 어린 시절 즐겨 먹던 음식 맛이 그리워 맛집을 찾아다니지 않았던가. 앞치마를 두를 적마다 설렌다는 나는 형제가 많은 막내라서, 신혼 초에는 친정어머니와 함께 살아서, 분가해서는 바쁘다는 핑계로 음식을 만들 기회가 없었다. 그렇게 대충 살다 보니 여자이면서도 음식 만드는 일에는 전혀 취미가 없었고 자신은 음식 만드는 데는 속물이라고 단정했었다.

그러던 할머니가 요즘은 주방에 들어서면 메뉴판의 식자재를 앞에 나열해 놓고 즐겨 하던 꽃꽂이 소재로 보인다고 한다. 꽃꽂이를 돋보이게 하려면 주지의 꽃송이보다 소품으로 사용하는 작은 꽃송이가 필수고, 빛깔도 주지 꽃보다 튀지 않도록 있는 듯 없는 듯 은은하게 받쳐주어야 한다. 수반도 소재 못지않게 어떤 모양을 선택하느냐에 따라 꽃꽂이의 아름다운 미가 살아난다. 꽃꽂이를 처음 접하는 이에게 자주 일러주곤 한다. 요리도 그와 비슷하다. 원재료를 살리려면 양념을 너무 많이 넣어도 맛을 잃는다. 첨가하는 소재료와 양념의 크기는 작아야 하고 불의 조절과 시간도 잘 맞추어야 정갈하게 보인다. 쟁반의 모양도 중요하다. 어떤 그릇을 선택해 담느냐에 따라 음식의 품격을 훼손하지 않을뿐더러 더 감칠맛 나게 보인다. 그래서 음식의 맛을 오감으로 느낀다 하지 않았던가.

아이들의 입맛을 맞추기가 꽃꽂이보다 더 어렵다는 생각을 자주 한다. 그러면서도 요리 하는 일을 포기할 수 없다. 이유는 세월이 변했어도 모성에는 변하지 않아 내 자녀가 엄마의 손맛에 목말라했던 때를 생각한다. 이런 맘으로 만들다 보면 언젠가는 꽃 한 송이를 주지로 세우고 자유자재로 소재를 선택해 꽃꽂이 한 작품을 완성시키듯, 음식도 아이들이 첫 입맛부터 먹을수록 깊은 맛을 느낄 수 있도록 마음을 다한다. 그리고 '보기 좋은 떡이 먹기도 좋다'는 말에 걸맞게 만든다. 한입 베어 물고는 보기에도 맛깔스럽더니 먹을수록 담백하다는 말이 나올 수 있도록 오늘도 프라이팬을 불에 올려놓고 지지고 볶는다.

한국전쟁의 비극

대한민국 지도 중앙에 38선을 그어놓은 지 65년이 되는 해 쓴 글이다. 남과 북은 여전히 총을 메고 적대적인 관계로 서로를 위협하고 있다. 슬픈 역사는 아직도 끝나지 않았다.

6·25 참전용사가 대전 보훈병원에 장기간 입원해 있어 문병을 갔다. 이 병원은 한국전쟁 당시 다친 상이용사를 무상으로 치료해주는 병원이다. 전쟁터에서 들것에 실려와 지금까지 침대에 누워 사신다는 분을 보았다. 환자를 다독이는 여인의 피부색이 햇빛을 보지 못해 배춧속처럼 희다. 밤낮으로 신음하는 남편을 옆에서 돌보며 일부종사하는 여인이 애처롭다. 한국전쟁이 발발하기 전 저 여인도 가슴 설레는 꿈을 안고 결혼해 지아비의 사랑을 받으며 가정을 이루었으리. 남편이 전쟁터에서 무사히 돌아오기를 오매불망 기다리며 아비 없는 자식과 시부모를 봉양하며 청순하게 살아온 댓가가 지아비가 살아있음에도 미망인의 삶을 아니, 미망인 보다 더 참혹한 삶을 살아간다. 너무나 가련한 운명이다.

저들 부부는 왜 저렇게 살아야 하나. 초례청에서 기쁠 때나 슬플 때나 병들 때에도 검은 머리 파뿌리 되도록 살겠다는 약속 때문이려니. 사랑한단 말 대신 앓는 소리로 아내를 부른다. 은발의 저 여인은 처음 만나 사랑의 손길로 더듬던 남편의 손길을 기억하려나. 65년을 저렇게 살았다니 같은 여자로서 가슴이 아프다. 어제도 오늘도 내일도 저렇게 차곡차곡 쌓아가는 삶을 그래도 고마워해야 하나. 너무나 슬프다.

그 당시 전쟁터에서 돌아오지 못한 남자가 어마어마하게 많아 '남자 한 사람당 여자가 한 트럭'이라는 이야기가 돌 정도로 전쟁미망인이 많다고 했다. 이 얼마나 슬픈 이야긴가. 이북도 65년 전 우리 못지 않게 전쟁의 미망인이 많이 있겠지. 그럼에도 역사의 아픔은 생각지 않고 북한의 지도자는 지금도 무력을 이용하려 한다. 풀리지 않는 매듭처럼 꼬인 남북관계로 이산가족이 되어 아직도 생사의 소식을 기다리는 가족이 있다.

1983년 KBS1 방송국에서 이산가족 찾기 '누가 이 사람을 아시나요.' 프로그램이 방영되었다. 부모 형제를 만나 감격의 상봉으로 서로 안고 방송국을 눈물바다로 만들던 현장을 보며 함께 울며 보지 않았던가. 밀려오는 인파로 정해진 방송시간을 훌쩍 넘어 136일 동안 이루어졌었다. 방송국의 접수가 늦어지자 방송국 벽과 거리에다 메모지를 붙였다. 찾는 이의 이름을 자신의 등과 가슴과 이마에 붙이고, 손에는 팻말을 들고 이름을 부르며 울면서 헤매던 그 모습! 6·25 당시 피난민을 연상케 하던 현장이었다. 대한민국에 함께 살면서도 죽은 줄만 알고 제사까지 지냈던 사연들 그 광경을 바라보던 국민 모두는 울고 또 울었다. 그 누구도 상상하지 못한 일이었다. 53,536명이 출연해 10,189명이 만났다고 했다. 한국전쟁의 아픔을 온 국민이 피부로 느꼈던 장면을 떠올리니 가슴이 또 아려온다.

우리 집에도 아버지의 얼굴도 모르는 채 성만 물려받아 고아의 삶을 살아온 조카가 있다. 두 올케는 집 나간 남편을 기다리며 친자매처럼 의좋게 시부모와 함께 자식을 품고 살았다. 6·25가 난지 9년 만에 큰 오빠가 돌아왔다. 감격의 날이면서도 슬픈 날이었다. 둘째 올케는 윗동서가 남편과 함께 사는 모습을 볼 수 없었던지 어린 딸을 두고 친정으로 갔다. 시숙을 보는 순간 딸을 버려야 할 만큼 밤마다 남편의 품이 못 견디게 그리워 저지른 행동이다.

조카딸은 졸지에 고아가 되었다. 다행히 할머니를 비롯한 가족이 있었다. 처녀인 언니가 엄마처럼 돌보아 울적마다 고모를 부르며 울었다. 외가를 가면 재혼한 엄마의 소식을 듣고 만날 수 있으련만 자라면서 한 번도 찾지 않는다. 둘째 올케는 홀로 살라는 팔자인지 재혼해 딸 셋을 낳자 또 미망인이 되었다. 이 소식을 들은 조카딸의 나이 60세, 기다렸다는 듯 엄마를 모셔와 93세가 되기까지 봉양하고 있다. 서로가 그리워했으면서도 만나러 가지도 오지도 않았던 이 모녀의 기구한 운명을 한국전쟁이 만들었다.

현재를 살아가는 젊은이들에게 한국전쟁은 어떠한 의미로 남아있을까? 교과서 맨 끝자락에 나온 그저 역사적인 한 사건으로 기억되려나. 요즘 역사는 선택과목으로 바뀌면서 한국전쟁을 전혀 모르는 학생들도 있다고 한다. 현재 경제가 어려워 힘들다고 푸념하지만, 어찌 전쟁이 할퀴고 간 상처만 하랴. 지금도 대전 보훈병원에는 상이용사인 남편 옆에서 일부종사하는 여인이 있다. 피비린내 나던 6·25 같은 참혹한 전쟁은 두 번 다시 있어선 안 된다. 세계가 전쟁은 원하지 않는다는 사실까지 잊지 않기를…….

귀여운 먹보와의 만남

종합사회복지관에서 5월 5일 어린이날 행사로 빈곤한 상황에 놓이거나 돌보아줄 사람이 없는 어린이를 대상으로 5월 4일 슈박스 전달 파티가 열릴 예정이란다. 슈박스의 유래는 매년 미국에서 크리스마스 즈음이 되면 학교에서 학생들에게 신발 상자에 받을 어린이가 좋아할 물건을 담아 나누어 주는 행사에서 유래 되었단다.

5월 5일은 어린이에게는 가장 큰 명절이다. 이런 날 소외되는 어린이가 없도록 하자는 사랑의 슈박스, 정말 의미 있는 행사 같다. 듣고 감동했으면 동참해야하지 않겠니? 라고 마음을 두드린다. 그래, 구경꾼만 되지 말자. '부뚜막의 소금도 집어넣어야 짜다'던데, 올해는 아홉 명의 손자에 한 명 더 추가해야겠다. 다짐하고 복지관에서 보내온 신발상자와 아이의 신상 카드를 하나 가져왔다. 카드를 열어 읽는다. 이름 대신 애칭으로 소개한다.

"저는요? 귀여운 먹보랍니다."

초등학교 2학년 여자인데 아빠 엄마 7곱살 동생과 함께 살아요. 장래희망은 화가, 좋아하는 활동은 그림 그리기, 건강 상태는 정신장애,

먹보라는 귀여운 애칭에 장난기가 발동하여 재미있게 읽어 내려가다가 먹보란 애칭이 만들어진 배경에서 억장이 무너진다.

작년에 뺑소니 교통사고 이후 소아 치매 증상이 와서 아이는 폭언, 폭식 등으로 행동 장애를 가지고 있어 학교에 다니지도 못하고 있는 상황이란다. 귀여운 먹보가 사는 가정은 뺑소니 사고 후 무료 임대 아파트에 거주하게 되었다. 아이를 소개받고 나니 손자 한 명 더 추가란 말을 한 자신이 사치에 깔렸다는 생각에 스스로 부끄러움을 느낀다.

어른들의 양심 없는 행동에 죄 없는 아이가 평생 지고 가야 할 고통을 상상해 보았는가. 서로의 과실을 인정하고 보상을 받았다 해도 평생을 불구로 살아갈 귀여운 먹보를 바라보는 엄마 아빠의 그 큰 울분을 상상해 보았는가. 어떤 누구의 말에도 위로받을 수 없을 텐데, 일말의 양심도 없는 뺑소니라니. 누군가는 이 세상에서 최고의 예술 작품은 인간이라 했다던데, 아름다우면 아름다운 행동을 해야 하지 않겠나.

방정환 선생은 어린이는 어린이라는 이유만으로 축하받아야 한다고 했다. 그리고 어른들에게 당부하기를 '어린이를 내려다보지 마시고 쳐다보시오.'라고. 예수님도 어린아이를 안고 제자들에게 이렇게 말씀하셨다. '하나님의 나라가 이런 자의 것이니라.'고. 어린이는 미래에 내 나라 주인이다.

나도 늦깎이로 면허를 따 운전하다 한 달도 안 되어 실수로 추돌 사고를 크게 낸 적이 있다. 다행히 인명피해는 없었지만. 차가 망가져 한 가족의 하루 여행을 포기하게 한 죄책감이 십 년이 지난 지금도 그때 상황이 어저께 일 같이 머리에서 지워지질 않고 있다. 귀여운 먹보란 애칭을 붙게 만들어준 차 주인도 엉겁결에 뺑소니는 했을지라도 지금쯤은 후회하고 있을 것 같다는 마음이 든다.

우리 인간에게는 보이지 않는 양심이란 방이 누구에게나 다 있다. 아무도 없는 곳에서 잘못을 저지르고는 스스로 번뇌하다가 자백하는 사람을 간혹 보아 그렇다. 바라건대, 무엇으로도 보상은 안 되지만 그래도 귀여운 먹보 부모님 앞에 나타나 무릎 꿇고 잘못을 인정하고 사죄하는 말을 들려주는 양심을 보여준다면 조금은 마음의 울분이 위로받지 않겠나 하는 생각도 가져본다.

나는 문방구로 가서 미래 희망인 화가의 꿈을 키우는데 필요한 스케치북 두 개, 크레파스, 물감, 색연필, 지우개, 그리고 여자아이들이 좋아하는 손톱에 붙이는 매니큐어, 소꿉놀이, 주사위, 먹보가 좋아할 초콜릿을 시작으로 여러 종류의 과자를 상자에 담고 손 글씨로 편지를 이렇게 썼다.

"귀여운 먹보에게, 나는 할머니야. 이 할머니에게는 너 같은 공주가 다섯 명이고, 왕자가 네 명이란다. 그런데 그 아홉 명 하나하나가 엄마 뱃속에서 나올 적에 들려준 첫 울음소리가 너무나 반가워 잊지 않고 있단다. 그리고 기뻐서 함박웃음을 웃었지. 지금 우리 먹보도 할머니 손녀로 태어났으니 또 웃어야겠네. 귀여운 나의 손녀 먹보야. 앞으로 할머니뿐만이 아니고 엄마 아빠에게도 웃음을 선물하는 착하고 예쁜 공주로 잘 자라주길 기도할게. 약속해."

접어서 봉투에 넣고는 겉봉투에 '먹보 엄마, 귀여운 나의 손녀에게 읽어주세요.'라고.

2011년 5월 5일 어린이날 행사로 귀여운 먹보와의 인연을 맺게 해 준 위에 계시는 그분께 감사하다. 앞으로도 이런 만남의 장이 있으면 사랑을 쌓아 가리라 나에게 다짐해 본다.

한 번으로 족하다

　부모가 어린 자식을 죽여 암매장했다는 뉴스다. 요즘은 싫다는 표현을 과감하게 행동으로 옮기는 시대가 되었다. 부모가 싫으면 내다버리고, 배우자가 싫으면 헤어지고, 군대 생활이 힘들면 자살하고, 더 기막힌 현실은 자식이 싫으면 죽이는 부모도 있다. 믿고 싶지 않은 현실이 실제로 일어난다. 가슴이 아프다. 윤리를 져버린 세상 이야기 듣기가 싫증이 난다.

　친정아버지 장례를 치르고 돌아와 그 밤에 자리에 누웠다. '한 번으로 족하다.'란 생각이 불현듯 자막처럼 스쳐 지나간다. 나 자신에게 소스라쳐 놀란다. 칠 남매의 막내인 나는 결혼해 반 년을 시댁에서 살다 살림을 났다. 신접살림 삼 개월이 되는 달 친정아버지가 병석에 누웠다. 어머니 혼자 아버지 돌봄이 힘겨워하셔서 자청해 아버지 병간호를 하기 위해 친정집으로 들어갔다. 힘겨운 줄 모르고 칠 년을 살았다.

　수발하는 동안 어머니의 보살핌을 받으며 두 아이를 낳았다. 오히려 어머니의 보호 아래 자녀를 잘 키우며 정말 지루한 줄 모르고 평탄하게 살았다. 힘이 들었다면 만삭인 배로 대변 심부름을 하려면 안아 세워야 했고, 아이를 낳은 다음날도 대변을 본다면 일으켜 의자에 앉혀야 했다. 그 당시는 수저질을 할 수 없을 정도로 팔이 아파 고생은 했었다. 그렇다고 한번으로 족하다는 마음이 들다니. 그런 생각이 머물 만큼 힘이 들었었나? 장례 사흘 내내 잘해드리지 못한 게 어찌나 후회스러운 일이 많던지. 세월을 되돌리고 싶은 심정으로 울고 또 울었는데 한 번으로 족하다 하다니. 그런 마음이 들음은 아직 살아계신 시부모 두 분과 그리고 친정어머니가 병석에 누우면 하기 싫다는 마음이 분명했다. 이런 생각이 강해지면 앞서 말한 자식이 부모를 내다 버리는 행동을 하려나? 정말 내가 싫었다.

세월이 흐른 지금 나를 한 번 돌아본다. 내 나이 일흔다섯. 친정아버지가 병석에 누운 나이보다 더 많다. 그렇다면 자녀들도 우리 부부를 보며 힘들다 할 것 같다는 생각이 든다. 그럴 때마다 홀로 사는 방법을 즐기리라는 생각이 좌우명이 되었다. 음식점에도 혼자 가고, 극장도, 쇼핑도, 산책도, 병원도 자식에게 동행하자 하지 말자. 친정아버지처럼 자리에 보전할 상황이 오면 시설로 데려다 놓으라 하자.

나처럼 한 번으로 족하다는 말을 하는 사람은 또 있다. 군대 다녀온 남자들의 공통된 말이 두 번은 못 할 것이라고 한다. 이런 말을 서슴없이 함은 보나 마나 기억하기 싫은 쓴 추억이 있었다는 결론이다. 더 있다. 시집을 살고 나온 며느리에게 시집에 다시 들어가 살라면 그 대답을 기대할 수 있으려나. 얼마나 시집이 싫으면 '시' 단어가 들어있는 시금치까지 싫다는 유행어가 만들어졌겠나. 반대로 부모도 자식과 살기를 거부한다. 손자들 돌봄이 힘겹다고 요즘 홀몸노인이 늘어나는 추세가 그러하다.

산행하다 벤치에 앉아 쉬고 있는데 옆자리에서 하는 이야기가 들린다. 아내가 죽자 집을 팔아 딸 옆집을 사서 이사를 했단다. 식사는 딸네 집에서 하고 잠만 잔단다. 유쾌한 대화는 아니지만 절로 고개가 끄덕여진다. 남의 이야기가 아니다. 내 아들도 딸도 사 남매 모두가 결혼해서 시부모와 사는 가정은 한 가정도 없다. 보나마나 우리도 둘 중의 한 명이 남으면 저런 환경이 되지 말라는 법도 없다. 그러나 다행히도 우리는 맏아들이 앞 동에 사니 누가 남는다 해도 저런 생소한 환경은 만들지 않을 것 같다. 그럴지라도 내가 자녀로 살아본 결론은 건강한 부모일지라도 늘 마음에 짐이 되었다는 사실은 부인할 수 없다.

특별한 날 선물을 들고 오면, 자녀로 살던 시절을 되돌아보며 두 마음이 항상 오고 갔다. 나를 기억해줌이 고마우면서도 빠듯한 살림에 이날이 하루하루 다가옴이 반갑지 않았을 터인데 라는 생각, 자식된 도리를 하려는 마음이 고마우면서도 애잔하다. 마음 같아선 부모와 자식 관계라도 이런 격식에 매이지 않고 너는 너, 나는 나, 편하게 살면 먼 훗날 나처럼 한 번으로 족하다란 생각이 들지 않으련만.

행복이 나비처럼 날아온다

따르릉 따르릉 벨소리가 들린다. 하루를 여는 새벽예배를 드리고 와서 후덥지근한 날씨로 설친 잠을 자기위해 다시 잠자리에 들었던 터라 잠결에 전화를 받는다. 꽃꽂이 담당자가 꽃꽂이를 하러 못 온다는 전화다. 아무런 구상도 없이 차를 몰고 무작정 집을 나서 화훼로 갔다. 모양도 빛깔도 다른 꽃 사이를 말없이 두어 바퀴 돌았다. 인에서 인을 못 고른다는 말이 있듯이 예쁜 꽃 사이를 나비처럼 이 꽃에서 저 꽃으로 향기를 음미하며 돌 뿐 쉽사리 꽃다발을 덥석 잡지 못한다.

내게 선택받아야 할 꽃은 주일을 지나고 금요 철야 예배 때 고개 숙인 초라한 모습을 보지 않으려고 생명이 긴 꽃을 찾는 중이다. 여름인지라 무슨 꽃을 갖다 꽂는다 해도 한 주를 넘기기가 힘들다. 한참을 서성이다 진열장에 진분홍색 호접난이 물주머니를 달고 하얀 종이상자에 열대가 가지런히 누워 있는 것을 발견했다. 한 상자에 만 원이란 꼬리표가 붙어있다. 값이 저렴하다. 호접난? 이 난이라면 여름이라 해도 몇 주는 간다. 그리고 꽃과 꽃의 조화를 고민할 필요도 없다. 꽃말도 아름답다. 꽃이 나비를 닮았다 하여 '행복이 나비처럼 날아온다.'라고 지어진 이름 덕분에 축하 화분으로 매우 인기가 좋다. 이 꽃의 수명은 최소 2~3개월은 지속 된다. 뿌리로부터 잘려있어도 여느 꽃보다 수명이 길다는 생각이 번개처럼 스며든다. 뿌리가 없어도 살아있는 난 화분을 만들어야겠다 결정하고, 두 상자를 집어 들고 난을 받쳐줄 노무라 세단을 계산대에 놓고 기다린다.

사장님, 의아하다는 듯 내 얼굴을 바라보다. 이것으로 어떻게 꽃꽂이를 할 수 있겠느냐는 말을 눈으로 묻는다. 오늘 나의 행동에 놀라는 눈치다. 어떤 식으로 꽃꽂이를 할지 설명을 들어야겠단다.

"아~아 난 화분을 만들려고요."

"죽여주네."

충청 화훼공판장 사장님과의 인연은 세현 교회가 존재하고서 부터라 삼십 년도 더 된 터라 띄엄띄엄 만났다 손쳐도 세일 수 없이 많은 날을 만났다. 간단한 농담도 오가는 친숙한 관계다. 계산대에 앉아 있는 아가씨와 꽃바구니를 만드는 두 아주머니 입에서도 합창하듯 "죽여주네." 사장님 말을 반복하며 서로 눈을 마주친다. 어떻게 그런 기발한 구상을? 꽃 장사 반백 년 동안 이런 꽃꽂이는 처음 보았다며 이런 식으로 적게 사가면 나는 무얼 먹고 살라고라며 몸을 흔들어 애교를 부린다.

"나도 처음이여요."라며 몸을 흔들어 화답했다. 꽃값이 이만육천 원. 평소 꽃값에 절반도 안 된다.

살아있는 난 화분을 사려면 값을 적게 주려고 빈 화분을 가지고 와 한 대에 만 원을 주고 한 화분에 여섯 대를 심으면 육만 원이 들어야

했다. 오늘은 화분 두 개 값이 이만 육천 원, 이라니 내가 생각해도 해피한 날이다.

기분 좋게 돌아와 평소 잘 사용하지 않던 소나무 겉피로 보이는 수반에 오아시스를 넣고 물주머니에서 빼고 꽂았다. 파란 노무라 잎을 아래로 받쳐주니 영락없는 화분이다. 오히려 난 화분보다 더 정갈하면서도 단정하다. 시간도 많이 단축시켰다.

그리곤 호접난과 대화하듯 '너는 뿌리에서 잘려 나와 죽었지. 그럼에도 살아있을 때와 동일하게 화려한 색상과 어여쁜 자태와 청순한 모습과 향기도 잃지 않는 네 속성을 나는 잘 안다. 바라기는 오래도록 난 화분으로의 자태를 놓지 않기를 바란다. 아마도 내일 너를 보면 꽃꽂이에 관심 있는 성도가 분명 너를 찾아와 눈으로 손으로 스킨십하며 만남을 반갑다고 나처럼 이야기할 게다.' 서서히 죽어갈 생명에게 살아있는 것처럼 있어달라고 부탁하는 내 자신에게 묻는다.

죽음은 끝인가 시작인가. 가을날 낙엽을 보면 끝인 것 같고, 봄날 낙엽을 헤집고 올라오는 새싹을 보면 시작이 아닌가 싶다. 성경에 '첫 사람은 땅에서 났으니 흙에 속한 자'라 했다. 그렇다면 모든 만물의 생명이 흙에 있음이 분명하다. 인간과 식물의 공통점은 땅에서 났다 땅으로 돌아가는 것이니 달걀이 먼저인가 닭이 먼저인가와 같은 이치인 것 같다. 그러니 숨 쉬는 동안 본인의 모습에 충실함이 곧 삶이 아닌가. 저 호접난도 이 자태를 만들기까지는 부여 받은 사계절의 나날들을 살아낸 굴곡진 빛깔이 아름다운 무늬되어 저리 고운 자태이리.

우리 인간도 굴곡진 긴 세월을 쉬지 않고 하루하루를 살아낸 희로 애락을 삶이라 하지 않던가. 오늘 호접난을 만남으로 기발한 구상을 했다는 칭찬의 소리와 죽여주네란 말을 화원에서 들었기에 내게도 행복이 나비처럼 날아 온 날이다. 꽃꽂이를 마무리하며 나도 멋과 품위를 잃지 않고 성실한 삶의 향기로 다가가야 하지 않겠나 다짐해 본다.

강원도 오크밸리에서

쏟아지는 햇볕이 여러 개의 돌무더기 위에 가득 내려앉았다. 엇비슷한 작은 돌들로 규격을 맞추어 정교하게 잘도 붙였다. 어느 곳도 흙은 보이지 않는다. 기계로 일정하게 찍어낸 타일이 아니라 많은 시간과 기술이 필요했겠다. 공들여 만든 예술작품임에는 분명한데 그럼에도 별스러운 생각이 떠오르지 않고 무덤 같다는 생각이 들뿐이다. 무엇을 상징한 작품일까? 궁금증을 유발케 한다. 가까이서 보고 싶어 잰걸음으로 돌무더기가 있는 곳으로 왔다. 생각한 대로 외국인이 경주에 있는 능의 부드러운 선의 아름다움을 보고 감탄한 나머지 돌로 무덤을 장식했단다.

무덤이란 은애하고 존경하던 사람의 영혼이 떠나면 그 시신을 땅속에 묻고 신성하게 기리려고 표시한 기념물이다. 예로부터 사람 대부분은 이 땅의 삶이 끝나도 자신이 살아온 흔적을 후세에 남겨 인정받기를 원한다. 이런 심리가 누구에게나 내면에 있으므로 '짐승은 죽으면 가죽을 남기고 사람은 죽으면 이름을 남긴다.'라고 말하며 무덤을 만들고 공덕비도 세우지 않던가. 이렇듯 자신의 존재가 길이 남기를 원하기에 무덤의 크기도 다르다. 하지만 옛 왕의 무덤보다 더 큰

묘는 고금 이래 보지 못했다.

　세계 칠대 불가사의 중 하나인 이집트에 있는 피라미드도 왕의 무덤이란다. 그 지형은 사막이다. 강렬한 태양 빛이 금빛 모래를 온종일 쏘아봐 달구어진 모래가 열을 반사해 아지랑이를 피우는 것을 보았다. 광활한 모래 위 멀고 가까운 곳에 우뚝 솟은 피라미드가 눈에 들어오는 순간 입이 다물어지지 않았었다. 무덤이라기보다는 웅장한 예술조각품이었다. 감히 돌로 신라 고분을 흉내 낸 이 돌무덤의 둘레와는 비교도 안 되는 어마어마한 무덤이었다. 너비와 높이의 곡선에 놀랐었다. 어디를 기준으로 해서 선의 각도를 맞추었을까? 황토로 찍어낸 벽돌 모양과 비슷한 수많은 큰 돌들, 엄청난 저 돌을 어디서 옮겨 왔나. 피라미드 앞에서 나는 압도당해 말을 잃었었다. 그때 놀람은 피라미드 예술 작품을 보고 경악함도 있었지만, 권력자가 자신의 권위를 높이려고 권력으로 많은 이를 희생시켰겠다 라는 생각에 더 놀랐었다. 아무리 위풍당당하게 살아온 사람이라도 죽으면 한 줌의 흙으로 변한다는 사실을 모르는 이 없건만, 꼭 저렇게 해야 했었나. 그리고 무덤이 크지 않았더라면 많은 사람이 자신의 잣대로 나처럼 저 예술작품 앞에서 저들의 삶을 이러쿵저러쿵 들추어 보고 싶지도 않았을 터라는 생각을 들게는 하지 않았을 것이다.

　느린 걸음으로 아홉 개의 신라 고분의 산책로를 따라 걸었다. 능의 자연미를 살리기 위해 땅에서 솟아오른 듯 보이게 하려고 능의 둘레에 홈을 주었다. 많은 생각을 품은 예술작품임에는 분명한데 돌인지라 작가가 생각한 부드러운 곡선을 표현했다기보다는 딱딱하고 웅장하다는 말이 더 어울릴 것 같다. 작은 돌로 조각한 무덤을 감상하며 길 따라 걷고 있는데 산등선 시원한 바람이 햇살을 가르고 산뜻한 풀 향기를 업어와 휘이휘이 뿌려준다. 풋풋한 풀냄새에 기분이 상쾌해진다. 눈은 돌 조각품을 보고 있는데 마음은 경주 능의 새파란 잔디를 보고 있다. 그래, 이 작가도 파란 잔디가 물 흐르듯 부드러운 곡선이 깔려있음에 자연의 신비에 영혼까지 빼앗겨 모양도 크기도 다른 작은 돌들로 예술품을 창작했을 게다. 나는 작가의 생각과는 달리 능 속 주인의 삶이 그려진다. 그들은 자신의 자리를 지키기 위해 부모는 자식을, 형제는 형제를 죽이는 칼부림도 있었지.

심령을 보시는 위에 계신 그분을 생각해 보았다. 그분은 외식하는 자들을 보고 회칠한 무덤 같다고 책망하셨다. 오늘의 저 무덤 속 주인과 나의 삶을 보시고 회칠한 무덤 같다 책망하시면 어쩌나. 과거와 현재의 나를 생각해 보자. 어느 한순간도 소중하지 않았던 시간은 없었다. 가을에 튼실한 열매를 얻기 위해 봄이 오기 전 조심스럽게 불필요한 가지들을 잘라 나무의 몸피를 줄이듯 사치스러운 생각이 마음에 자리를 잡으려 하면 늘 밖으로 향한 분주한 삶을 차례로 거둬들였다. 또 아침에 일을 시작해 살다 오후가 되면 하던 모든 일을 서서히 마무리하는 심정으로 마음속 보자기를 풀어 제치고 수많은 생각이 얼굴을 내밀고 머뭇거리면 그것들도 지우지 않았던가.

지나간 날들을 띄엄띄엄 퍼즐 맞추듯 맞춰보니 빛바랜 사진처럼 남루하지만, 풍상을 견뎌온 삶의 흔적들이다. 나름대로 나를 세우기 위한 것들이었다. 무엇을 아는 줄 착각하고, 남들 앞에 서 보기도 했고, 더 높은 곳을 지향해 보기도 했었다. 하지만, 늘 왜소했고, 고독했고, 당당하지 못하고 주눅이 들었었다. 지금도 발아래 돌보다도 더 작다는 생각이 나를 누른다. 아무것도 남겨 놓고 갈 것도 내보일 것도 없다는 생각이 들뿐이다.

나는 곧 종착역에 다다른다. 이제 무엇을 한다 해도 겨울 북풍한설을 뚫고 한두 송이 홀로 피는 꽃일게다. 그럴지라도 지금이 바로 내 생애의 값진 시간이라 생각하고 남은 삶만이라도 너무 초라해지지 않도록 가벼운 마음으로 무덤 사이 굽은 선을 따라 산책하듯 걸으리라.

정원의 주인이고 싶다

내 마음을 가져간 정원에 벚꽃잎이 흰 눈처럼 팔랑거리며 날다 땅으로 내려앉는다. 마당 한가득 쌓인 순백색이 참으로 영롱하다. 시간도 머물다 가는 곳 같다. 일주일 전만 해도 방울방울 맺힌 꽃봉오리가 속살을 드러내려면 아직도 먼 줄 알았는데 누가 그리 재촉한다고 벌써 떨어진다. 나무는 늙어 고목일지라도 꽃잎만은 막 잠에서 깨어난 청순한 아이의 웃음을 보는 것만 같다.

흐드러지게 피워 놓고 꽃눈을 뿌리는 나무 아래 벤치에 앉아 보고 싶다는 생각이 머무는 순간 솔바람이 향기까지 안고 와 함께 놀자고 내 감정을 꽉 잡는다. 더는 속마음을 숨길 수 없어 나무를 중심으로 등받이까지 있는 둥근 의자에 등을 대고 앉았다. 모습만큼이나 편안하다. 자연이 이렇게 좋을 수가, 정원의 주인이고 싶다.

도심 속 한복판에 언덕을 조금만 오르면 일제강점기 때 지었다는 아담한 문화관이 있다. 자연과 풍류를 즐기는 선비댁 마당 같아 정이 간다. 맨땅에 듬성듬성 박아놓은 돌을 골라가며 밟을 때는 재미가 있다. 자투리 공간마다 별스럽지 않은 꽃이 피었다.

멋스럽게 꾸며놓지 않아 내가 가꾸고 싶은 꽃을 심어봤으면 하는 욕심을 싹트게 하는 화단이 눈길을 끈다. 화려한 꽃이 없는 조각 마당이라 정이 간다. 또 디자인이 다른 벤치가 곳곳에 있어 운치를 더해준다. 벤치를 받쳐주는 바닥도 색다르다. 이렇게 벤치와 바닥을 다르게 꾸민 원인은 품위와 느낌을 살리기 위함일 게다. 그렇다면 벤치가 들려주는 이야기도 다르려나. 커다란 나무 둘레에는 나무판자로 의자를 둥글게 놓았다. 볼 때마다 앉아보고 싶다는 마음을 들게 한다. 보는 이가 아무도 없어 살짝 앉았다. 이대로 정원의 주인이고 싶다.

이 문화관 마당은 가옥을 중심으로 세월이 쌓인 나무가 여러 그루 있다. 근엄하게 서 있는 노송 옆에 가면 언제고 솔향기로 반겨준다. 호두나무, 단풍나무, 일본목련, 저마다 햇빛을 따라가며 자란다. 저들의 파란 이파리는 어찌 보면 햇살을 사모하는 눈빛같이 보인다. 이 정원은 나무의 몸집이 커 바람이 지나는 길목도 있고, 이파리가 햇살을 독차지해 따뜻한 햇볕을 좋아하는 사람과 그늘을 좋아하는 사람들에게 벤치를 골라가며 앉는 재미도 더해준다. 그래서 정원의 주인이고 싶다.

내가 만약 정원의 주인이라면 이처럼 넓은 공간은 문학을 사랑하는 이에게 다 내어주련다. 그리고 보이지 않는 모서리에 나의 생활공간을 아주 작게 이 다다미방처럼 꾸며야겠다. 그렇게 사노라면 이른 아침에 까치가 방문 나뭇가지에 앉아 깍깍깍 잠을 깨우겠지. 참새가 쩍쩍쩍 인사하러 오면 모이로 그들을 불러 마당 한가득 모아놓고 놀아야지. 또 부엉이가 혼자서는 외롭다고 부엉부엉 부르면 운치 있고 멋스러운 벤치에 앉아 밤하늘의 서로 다른 별빛이 모여 함께 놀듯 놀아야지. 문종이 바른 아늑한 방에 희미한 가로등 불빛이 스며드는 왕골자리 깔린 따끈한 이불 속. 상상만으로도 어머니 품 같이 마음이 따뜻해진다. 아~ 정말 정원의 주인이고 싶다.

멋으로 기교를 부렸다면 감히 상상도 할 수 없겠지만, 신선한 자연 그 모습을 살린 마당이라서 주인이 돼보고 싶다. 전지가위로 나무도 다듬고, 봄이면 꽃삽을 들고 그 옛날 어머니처럼 봉선화, 채송화, 백일홍, 맨드라미도 심어야지. 봉선화 꽃으로는 손톱에 물도 들이고, 맨드라미꽃은 송편에 박아 꽃 송편도 만들어야지.

미모로 보나 빛깔로 보나 어느 것 하나 뒤지지 않건만 화초라 인정받지 못하고 푸대접받는 민들레도, 흰쌀밥을 공기에 수북이 담은 것 같이 보이는 예쁜 말 풀꽃에도 한 자락 내어주련다. 그리고 옆에 앉아 잎눈과 꽃눈을 밀어 올리는 모양과 소리도 들어야겠다.

한여름 뙤약볕이 덥다고 눈짓하는 이파리가 보이면 긴 호스로 샤워도 시켜주어야겠다. 가을이 와서 빛깔도 몸집도 다른 낙엽이 뒹굴면 따라다니며 주워야지. 할 일이 많은 정원을 나의 손끝 장난으로 보듬어주는 주인이고 싶다.

우암산 자락을 배경으로 야외 공연장이 있다. 작은 문화행사가 간간이 밤에도 낮에도 연이어 이어진다. 오늘은 문학 단체에서 행사가 있는 날이다. 베이스기타 줄의 우렁찬 떨림과 가수의 목소리로 소월의 시 '못 잊어'를 잘 표현한다.

한복 차림의 남자가 대금을 부는 옆모습의 멋은 한민족의 오랜 역사 속에서 전해져온 향연이었다. 바람을 타고 퍼지는 대금의 소리는 마당의 분위기와 어찌 그리 잘 아우러지던지. 끝없이 내어주기만 하는 자연이 문학의 맛을 한층 더 감미롭게 해주었다. 그 후 이곳에 와 머물고 있으면 눈 가득, 귀 가득 담겨있던 소리가 들리는 듯하여 영원한 정원의 주인이고 싶다.

공간 안에 또 하나의 공간

우리 부부가 사는 공간 안에 또 하나의 작은 공간이 있다.

그 작은 공간에는 앙증맞은 구피 가족이 오순도순 산지가 십수 년. 그들의 몸집에 비교해 수족관이 너무 커 난초 잎처럼 쭉 뻗은 곡선이 아름다운 풀을 선물했다. 어찌나 좋아하는지 조그마한 입술로 매끄러운 파란 풀잎에 뽀뽀를 시도 때도 없이한다. 물속에서 하늘거리는 파란 잎은 여인의 탐스러운 머릿결을 닮았다. 한 공간에서 서로가 공유하며 사는 모습이 보기에 참으로 평화로워 보인다.

가느다란 파란 잎은 여러 색깔을 반사하는 구피들과 환상의 하모니를 이룬다. 작고 빨간 부채꼴 꼬리로 물을 가르며 수컷이 암컷을 따라다닌다. 좋으면서도 잎 사이로 몸을 숨긴다. 꼭 청춘 남녀가 숲속에서 나무 사이를 오가며 잡힐 듯 말듯 사랑놀이를 하는 것처럼 보인다. 그러다가도 금세 토라져 주둥이로 쪼고는 제 갈 길을 간다. 수족관을 한 바퀴 돌고 와서는 언제 그랬느냐는 듯 짝꿍이 된다.

우리 인간도 예외는 아니다. 가족이란 이유로 한 공간에서 그대가 나고 내가 그대라며 작은 몸짓에도 반응을 보이며 풍성한 감정으로 상대를 절절히 사랑한다고 고백하고도 의견이 맞지 않으면 금세 가시 돋친 말로 상대를 찌른다. 그렇게 아옹다옹 사랑도 키우고 미움도 키워가며 자녀를 낳아 원만한 가정을 이룬다. 저 녀석들도 '그대가 나를 필요로 하니 내 어찌 그대를 사랑하지 않을 수가 있겠소.'라며 짝짓기도 망설임 없이 하지 않나 싶다. 사랑의 열매인 눈과 꼬리만 달린 아기를 많이 낳아 가족을 늘린다.

또 수족관 창을 더듬이로 맑게 청소하라고 다슬기도 살게 해 주었다. 다슬기는 홀로 생활하는 것 같으면서도 짝짓기를 시작하면 헤어질 줄을 모른다. 젊어서의 부부란 주머니 쌈짓돈 같아 있으면 좋고 없어도 그만이라 했다지. 다슬기의 사는 모습이 그렇게 보인다.

이 녀석들도 풀잎을 좋아한다. 가녀린 풀잎을 기어 올라갔다가 몸을 날려 공중묘기를 부린다. 몸무게가 있음에도 풀잎이 꺾이지 않음은 물의 중력에 의해 휘었다가 다슬기가 떨어지면 용수철처럼 제자리로 간다. 싫어하는 내색 없이 조용히 꽃바람을 날리며 물 위로 오름은 풀잎도 다슬기가 찾아와 더듬이로 보듬으며 놀아줌이 좋은가 보다.

구피가 먹다 남은 음식과 배설물이 지층으로 쌓이면 풀의 영양분이 되어 마디에서 또 다른 잎이 돋아나 쑥쑥 자란다. 예쁘게 키워놓고 그 그늘에서 쉼을 누리는 저들의 하루하루의 삶은 참으로 경이롭다. 수족관 안 생명을 바라보다 나의 일상을 바라본다. 세월의 무게가 쌓일수록 한 공간 안에서 공유함을 서로가 고마워한다. 그렇게 사노라니 생각하는 것도 바라보는 곳도 같아 서로의 감정이 하나의 빛깔로 닮아 저들처럼 소중한 관계로 변해 있음을 느낀다.

이들이 사는 울안이 탁하면 깔끔한 물로 바꾸어 준다. 청결하게 청소를 하고 나면, 삼 년 전 여름에 손자가 미꾸라지 두 마리를 음료수병에 담아 가지고 와 할머니 어항에서 키우고 싶다 하여 부탁을 뿌리칠 수가 없어 가족이 된 녀석이 몸부림을 친다. 더부살이 주제에 기다란 몸집으로 온 집안을 헤집고 다니는 것을 볼 때면 '저러다 죽어 주면 좋겠다.'라는 생각도 든다. 얄미운 행동은 또 있다. 예쁘지도 않은 녀석이 어찌나 식탐이 많은지 돌 짝 위에 몸을 붙이고 미끄러지듯 날렵하게 많이 먹는 것을 볼 때면 밉다가도 그래 몸집이 크니 많이 먹어야겠지라며 마음을 비운다.

이렇듯 현재 한 가족으로 맺어진 인연이 너무나 소중한 관계이기 때문에 언제 어디서 살다가 왔는지는 그다지 중요하지 않다. 내 공간에 또 하나의 작은 공간에서 소중한 생명이 서로 눈빛으로 피부로 대화하며 오솔길 같은 좁은 풀포기 사이를 자유자재로 날갯짓하며 활기찬 삶을 만족해하며 사는 구피처럼, 우리 부부도 내가 그대인지 그대가 나인지 모를 정도로 서로 고마워하며, 평화롭게 공유하며, 현재를 만족해하며 살고 있다.

인생의 종착역으로 가는 전주곡

예로부터 모든 생물은 날 때부터 죽음을 안고 태어난다. 만물을 지배하는 인간도 예외는 아니다. 그럼에도 이 땅의 삶이 전부인양 마음의 욕구를 채우려고 생활 여건에 따라 이동하며 아등바등 살아간다. 그러다 나이 들고 병들면 태어나 개구쟁이로 놀던 어머니 품 같은 고향을 그리워 한다. 이것이 인생이련만, 요즘은 일상생활을 할 수 없는 몸이 되면 본인의 의지와는 상관없이 노인 병원 또는 요양원에서 생을 마감한다.

나는 인생의 종착역 같은 요양원에서 열흘간 실습하는 동안 보고 느낀 얘기를 하련다.

한 달에 한 번씩 생일상을 차려 놓고 공연하는 날이다. 노래방 기계까지 가져와 춤과 노래가 어우러졌다. 요양사들도 어르신들의 흥을 돋우기 위해 재롱을 부린다. 몸은 비록 휠체어에 앉았을지언정 노래도 따라 부르고 손까지 흔들며 즐거워한다. 이렇게 즐거워하는 이가 있는 반면 무엇을 하려고 하는 의욕이 전혀 보이지 않는 이도 있다. 한마디로 이곳 어르신들은 언제 어떻게 돌변할지 예측할 수가 없다. 생각이 뒤엉킨 치매 환자의 표정은 시시각각 변한다. 어느 때는 청순한 아이가 되기도 하고 새침데기가 되기도 하며 덕을 품은 안방마님 같을 때도 있다.

편마비로 거동이 불편한 어르신은 오늘 같은 날도 방에서 나오지 않는다. 살아야 할 이유를 잃었는지, 반항을 하는 것인지, 현재의 삶이 무의미해서인지 미운오리 새끼처럼 늘 겉돈다. 스스로 하지 않아 매일같이 식사하세요. 양치하세요. 약 먹을 시간이에요. 운동하세요. 목욕하세요. 로봇처럼 요양사의 말에 떠밀려 억지로 한다. 첫날부터 나의 시선은 이 편마비 환자에게 꽂혔다.

홀로 앉아 창문만 바라보며 깊은 한숨을 자주 토하는 그녀에게로 가 같은 방향을 바라보며 혼자 말처럼 아드님이 보고 싶으신가? 따님이 오늘은 오려나? 읊조렸다. 그녀 역시 미동도 없이 무의식 중에 "아니. 바빠서 못 와" 툭 내뱉는다. 며칠을 두고 다독인 반응이다. 그리곤 땅이 꺼질 정도로 한숨을 길게 쉬고는 말문을 연다.

여기 오기 전 시골서 농사일로 오남매 다 키워 도시로 내보내고 둘이서 살다 남편이 편마비로 일손을 놓았고 급기야 본인도 이렇게 되었다고 한다. 청주에 사는 아들이 우리 집으로 가자하여 따라와 며칠을 지내보니 내 집 같지 않아 옛집으로 데려다 달라 졸랐더니 이곳으로 데려다 놓더란다.

남편도 이 병원에 있다는 말에는 목멘 소리가 바르르 떨린다. 하루에 한 번은 가 보시느냐 물으니 고개를 좌우로 젓는다. 애잔해 내 가슴이 답답해 온다. 아들이 올 적마다 시골집으로 데려다 달라 졸랐더니 요새는 잘 오지도 않는단다. 이 몸으로 생활하실 수 있겠느냐 물으니 전기밥솥, 세탁기가 다 해주는데 여태껏 잘해 먹고 살았다며 큰 소리로 화를 버럭 낸다.

나는 그녀에게 조용조용 이야기 했다. 그토록 옛날이 그리우면 삶을 포기한 사람처럼 살지 말고 재활운동을 열심히 해 마비된 팔과 다리에 근육을 키워 홀로 서는 모습을 보여 줘야지. 평생을 흙과 사셨으니 가꾸지 않아도 무성하게 자라 꽃피우고 씨 맺어 종을 번식시키는 들풀의 강인한 삶을 보셨잖나 했더니, 눈물이 두 뺨에 주르르 흐른다.

아드님이 오면 웃는 얼굴로 내가 집으로 돌아가면 밥은 이렇게 짓고 빨래와 청소는 이렇게 해 왔다며 설득하셔야죠. 대답대신 또 긴 한숨을 내쉰다. 그리고 평생 웬수인 남편도 하루에 한 번씩 찾아가 다독여 주어야지. 아이가 엄마에게 무엇을 달라 요구할 때의 촉촉한 눈빛으로 수줍어 피식 웃는다. 말은 그럴싸하게 했지만 한편 고향 집이 얼마나 그리우면, 얼마나 남편이 측은하면 아래위에 있으면서도 오고 가지 않았겠나. 콧등이 찌르르 운다.

그 옛날 그녀는 자식 돌봄이 즐거움인지라 파랑새처럼 호로록 날아갈까 봐 마음조이며 사랑의 손길로 보듬었겠지. 이제는 아이 되어 무작정 집으로 데려다 달라고 칭얼대는 두 분을 한 병원에 입원시킨 아들의 입장을 생각해본다. 철없던 시절 자신이 했던 말을 부모가 한다. 부모의 음성을 뒤로하고 돌아서는 아들의 마음이 심히 무겁겠다는 생각에 가슴이 먹먹하다. 투자한 만큼 돌려받는 것이 자연의 이치라지만, 이런 인연을 원하는 부모는 없다.

우리 부부도 내가 건강을 잃는다면 저들 가족과 다를 바 없다. 현재 남편은 누구의 도움이 없으면 한 끼의 식사도, 문 밖 출입도 할 수 없다. 부모의 영정 앞에서도 제 설움에 운다는 말이 있듯이 편마비 그녀의 형편이 우리 부부의 청사진 같다는 생각에 숨을 쉬고 있는데도 답답하고 가슴에 돌덩이를 올려놓은 것 같이 매우 무겁다. 그러면서도 기회만 있으면 그녀의 병실로 가 젖먹이 어린 자식을 돌보는 어미 심정으로 마주 앉다니 기이한 일이다.

꽃이 피었다 지듯 나뭇잎의 푸름도 가을날 낙엽 되어 낙화하듯 날 때부터 죽음을 예측하고 태어나 한판 노는 동안 찾아온 각색 질병도, 하나씩 둘씩 잃어가는 기억도 인생의 종착역으로 가는 전주곡 같다는 생각을 해본다.

『글꽂이』 출간을 축하드리며

김 정 자 수필가

내가 김은혜 작가를 만난 건 지금부터 11년 전 2007년도 충북 여성 문인회장을 역임할 때 글 공모전입니다. 그 인연으로 일인 일 책 교실에서 수필을 썼지요. 3년 동안 쉬지 않고 쓰더니 2008년두에 '둥지'를 연이어 2010년에 '징검다리'를 출간하였고, 그해 〈문학 미디어〉 여름호에 〈징검다리〉 외 1편으로 수필 등단을 하셨습니다. 2015년에는 푸른솔 문학으로 소설까지 등단하신 수필가이며 소설가이신 충북여성 문학인의 중견 작가로 발돋움을 하고 계십니다.

남들이 잠자는 이른 새벽부터 늦은 밤에도 글을 쓰는 모습이 보이는 듯싶더니 또 이번에 수필집을 출간합니다. 김 작가는 문학미디어 충북지회장으로, 푸른솔문학 작가회 부회장으로 있으며 문학인의 정상을 달리고 계십니다. 세현 교회 원로 사모로서의 역량으로 많은 성도의 중심에서 살아가고 있는, 내가 존경하는 김은혜 수필가입니다.

이번에 출간하는 수필집 『글꽂이』 제호가 어린 시절부터 할머니의 총애를 받던 손녀가 어느새 성장하여 대학생이 되면서 미래지향적인 디자이너의 꿈을 현실화시키는 손녀의 아이디어를 채택하였다 합니다. 수필 속에서 '나를 태운 기차는 제자리에 멈추어 있는 것 같은데, 손녀를 태운 기차는 초고속으로 달리는 것 같다는 착각을 하게 된다' 면서 작가가 손녀딸 나이 정도일 때 있었던 첫사랑을 고백하는 글이 었습니다. 그 남자와는 말도 해보지도 못했던 첫사랑이 움틀 뻗했던 사연을 고백하는 신선한 글을 읽게 되어 한편 우려스러우면서도 평생 감추었던 비밀을 알게 된 사실이 살며시 놀라면서도 재미있게 읽었습니다. 만약 김 작가의 남편이신 원로목사님께서 그 일을 알게 되어도 성인처럼 사시는 분이시니 빙그레 미소만 지으시겠지요.

그리고 김 작가가 3년 전 '일인 일책' 교실을 떠나면서 나에게 마지막으로 남긴 말이 있습니다.

"선생님. 피곤해도 절대로 자리에 눕지 마세요. 자리에 누우시면 죽음의 직 코스입니다." 라고 일러주신 말이 지금도 머릿속에 맴돌고 있습니다. 남편을 갑자기 떠나보낸 상흔으로 몇 번씩 거듭되는 병치레로 병원에 입원할 때마다 그 말이 들리는 것 같습니다. '인명은 재천이라 하지만, 남편의 인명은 재처'라는 신조어를 나는 맞는 말이라고 생각하며 반성하며 남은 노후 인생을 살아가는데 무척 힘든 고개를 넘고 있습니다.

잊혀가는 옛 선생을 떠올리며 축하의 말을 써달라는 부탁을 받고 보니 나의 반성의 글 먼저 쓰게 되었네요. 보살핌이 모자라 갑자기 사별한 나에게 애처로워하며 떠난 나의 남편도 마음 아프지만, 나의 몸 관리도 잘하지 못하여 갑자기 또 떠나지 말라는 충고로 받아들이니 감사할 따름입니다.

종종 김 작가는 앞이 잘 보이지 않는 남편을 모시고 산책 나온 모습을 볼 때마다 존경하는 마음으로 바라보았습니다. 김은혜 수필가님! 선생님은 저에게 '청출어람'이시옵니다. 저의 마음조차 빛내고 계십니다. 자손 대대로

"우리 할머니는 이렇게 화려한 문단에서 사셨다"라는 자랑을 유산으로 물려주는 모습에 다시 한 번 감축합니다. 그리고 존경합니다. 부디 더 늙기 전에 문학의 모든 꿈을 이루고 사십시오. 제가 못한 그 일을 부디 꼭 이루시고 만족한 문학 인생의 정상에 오르시기 바랍니다.

다시 한 번 네 번째 수필집 『글꽃이』 출간을 축하드립니다.

김은혜 수필집

글꽂이

초판 인쇄 2018년 5월 31일
초판 발행 2018년 6월 08일

지은이 김은혜
펴낸이 朴明淳
펴낸곳 문학시티

주 소 04558 서울시 중구 창경궁로 1길 29 (3F)
전 화 02-2272-2549
이메일 munhakmedia@hanmail.net
공급처 정은출판(02-2272-9280)

ISBN 978-89-91733-56-5 (03810)
값 12,000원